アスファール

イレーヌ・ネミロフスキー
芝盛行 訳・解説

Irène Némirovsky

Asfar

未知谷
Publisher Michitani

目次

———— 主要登場人物 ————

ダリオ・アスファール　移民の医師、主人公
クララ　ダリオの妻
ダニエル　ダリオとクララの息子

マルト・アレクサンドロヴナ　ムーラヴィネ将軍夫人
エリナー・バーネット　アメリカ娘
アンジュ・マルティネッリ　高級ホテルの給仕長
フィリップ・ワルド　製造業の富豪、賭博好
シルヴィ　ワルドの妻
クロード　フィリップとシルヴィの娘

アスファール

Asfar

1　ダリオの窮地

「金が要るんです！」

「だから言ったでしょう——ダメです」

ダリオは無理やり落ち着こうとしたが、うまくいかなかった。感情が高ぶると、彼の声は甲高くなった。しきりに身振りを交えた。不安で飢えた狼のような、レヴァント人*の典型だった。顔立ちはこちらのものではなく、熱のこもった手でせかせかと捏（こ）ね上げられたようだった。

＊　東部地中海沿岸地方。トルコ、シリア、レバノン、エジプト等が含まれる。

彼は怒って金切り声を上げた。

「あんたは金貸しをやってる、私は知ってるんだ！」

腰を低くして頼むと誰もが拒んだ。違う調子が必要だった。我慢だ！　悪知恵と脅しを代わる代わる使ってやる。彼は全くひるまなかった。金貸しの婆あに物乞いするか力づくで金をむしりとるかだ。女房も生まれたばかりの子どもも、食わせてやるのは俺、ダリオしかいない。

彼女はがっしりした肩をすくめた。

「質草があればお貸ししますよ。ええ！　何がありますか？」

ああ！　こいつぁいい！　望みはあるぞ。懇願には「ノン」と答えても、目つきが「ウイ」と言っている時だってある。なおもせがむ。奉仕、親切、共犯を申し出る。懇願するな、無駄だ。買収する。だが俺がこいつに何をやれる？　今この時、彼は何一つ持っていなかった。彼女は彼の大家だった。彼女が移民の家族用に改築した小さな建物の空いた階に四ヶ月住んでいた。

「お金のいらない人なんていますか？」彼女は言った。「厳しいご時世ですよ」

彼女は自分を扇いだ。ピンクの布地のドレスを着ていた。大きな赤ら顔は平然としていた。

〝手強い奴だ！〟彼は思った。彼女は立ち上がろうとした。彼はすかさず飛びついた。

「いや！　待ってくれ！　行っちゃいけない！」

彼にこの上何が言えたか？　泣きつく？　無駄だ！　誓う？　無駄だ！　取引する？　どうやって？　彼は忘れていた。彼、ダリオ・アスファール、港とあばら家しかないレヴァント出身のけちな野郎は、ヨーロッパの学校で、羞恥心も名誉心も身に着けたつもりだった。今は、フランスで過ごした十五年も、フランス文化も、母親からプレゼントをもらうようにではなく、異邦の女から一切れのパンをくすねるように西欧で苦労してかすめ取った医者の肩書も忘れなきゃいかん。ヨーロッパを気取って何になる！　そんなもの、食い物を与えちゃくれん。すきっ腹で、空っぽのポケット、穴の空いた靴底、一九二〇年、ニースで三十五歳、若い頃のままだ。新しい武器——尊厳、誇りの扱い方は分からん、懇願、交換、験（ため）したことのある古い知恵に頼らざるを得んとは、彼は苦々しく思った。

〝他の奴らは一団になって、統率されて、導かれて行く〟彼は思った。〝俺は一人だ。一人で狩りをするんだ。女房子供のために！〟

「どうやって暮らせばいいんです？」彼は叫んだ。「あんたの街じゃ誰も私を知っちゃいない。ニースに住んで四ヶ月になります。ここに来るために、あらゆる犠牲を払いました。パリじゃ財産は身近にあった。待ってるだけでよかったんです。（彼は嘘をついた。なんとしてもこの女を説得したかった）ここじゃ、診るのはロシア人だけ、知り合いは飢えた移民ばっかりです。フランス人は一人だって私を呼びやしない。誰も私を信用しちゃくれません。私の顔か、訛（なま）りのせいか、何だか分かりませんがね」言いながら彼は自分の真っ黒な髪、褐色の痩せた頬、きつく熱っぽい目を半分隠す女のような長い睫毛（まつげ）と瞼（まぶた）を手で擦（こす）った。

「信用は無理強（じ）いできるもんじゃないんですよ、マルト・アレクサンドロヴナ。あんたはロシア人だ。故郷を離れて生きるのがどんなもんかご存知だ。私はフランスの医師免許を持ってる、フランスの習慣も。フランス国籍だって取ったんです。ところが人は私をよそ者扱いする。それで我ながらよそ者だって感じるんです。待たなきゃなりません。繰り返しますがね——信用は無理強いするんじゃなく、辛抱強く、自分で求め、自分で獲得するもんです。でもね、待ってる間だって生活しなきゃならん。私を助けりゃ、あんただって得するじゃありませんか、マルト・アレクサンドロヴナ。私はあんたの借家人だ。もうあんたに借りがある。私を追い払って、私を失う。それであんた、何が得られるんです?」

「私たちだって」彼女はため息をつきながら言った。「貧しい移民ですよ。時節は厳しいんです、先生……あなたのために私が何をしてあげられます? 何にもありゃしませんよ」

「女房が月曜にここに戻ったら、マルト・アレクサンドロヴナ、生まれたばかりの子どもと一緒で、まだひ弱な体ですよ、どうやって二人を食わせます? 神のご加護ですって! あいつらどうなっちまいます? 四千フラン貸してください、マルト・アレクサンドロヴナ、引き換えにお望みのものをおっしゃってください」

「でもどんな担保がいただけるんです? お気の毒ですが。株券はお持ち?」

「いえ」

「宝石は?」

「何も。何にもありません」

「人は必ず担保に宝石、銀の食器、毛皮ぐらい置いてくもんです。あなた、子どもじゃありませんよね、先生、何にもなしにお金が貸せないのはお分かりですよね。信じてくださいね、私、残念なんです。私だって質草を取ってお金を貸すこんな仕事をするために生まれて来たんじゃありません。これでもムーラヴィネ将軍夫人ですよ。でもあなたがそんな有様じゃどうしろと?」

首の付け根に手を当てながら彼女は言った。田舎の女優だった若かりし頃、喝采を浴びた仕草だった。老将軍は彼女の生んだ息子を認知した後も、亡命の身になるまで彼女と結婚しなかった。彼女は白くずんぐりした首の周りの見えない首飾りを握り締めるような仕草をした。

「私たち、みんな惨めで苦しんでるんです、先生、親愛な先生！　あなたが私の人生を知ってくださったら！」人に懇願される者たちに共通の手を使って、金の無心をなるべくうまく拒絶するために、できるだけ自分に同情を向けながら彼女は言った。「私、使用人並みに働いてます。将軍、息子、嫁を抱えてるんです。皆が私に援けを頼みに来ますけど、こっちは誰にも援けを求められません」

彼女はベルトの中に忍ばせたピンクの木綿のハンカチを取り、目の隅を拭（ぬぐ）った。歳月が台なしにしたとはいえ、鷲の嘴（くちばし）のように繊細にカーブした小さな鼻の線、瞼の形の中に、まだ亡びた美しさの名残りをとどめた彼女の重苦しい赤ら顔が涙にまみれた。

「私の心は石ではありませんわ、先生」

〝泣いて、俺をここから追い払うんだ〟ダリオは絶望しながら思った。

ダリオの思いのそれぞれが記憶の流れを伴っていた。〝ここから追っ払われる。俺たちゃ出て行く。俺たちにゃ頭を休ませる場所が一か所もない。どこに行きゃいいんだ〟と彼が思った時、彼の中で立ち上がったイメージは、彼の心からだけではなく、放浪の長い夜の果ての、凍えた肉、疲労で痛む目を通して生まれていた。一度ならず、寝場所がなかった。街路を彷徨い、宿から追い払われた。だが、幼少時代、思春期、勉学を始めた悲惨な時期には普通と思えたその全てが、彼には今、死んだ方がましな落ちぶれようと思えた。確かに、ヨーロッパは彼を痛めつけていた！

彼は部屋、そして家具に目をやった。下宿屋の上の貧しい三つの部屋、薄い絨毯でやっと覆った赤いタイルの床、居間の陽に褪せた黄色いフラシ天の二脚の肘掛椅子、夫婦の部屋のきれいなフランスのベッド、そこではとてもぐっすり眠れた。そんな全てを彼がどれだけ愛したか！

彼は狭いバルコニーにいる小さな乳母車に乗せた子どもを思った。フランスの街の屋根の上を通って、海の風がその子に吹き寄せるだろう。朝、近くの市場から呼び声が聞こえるかも知れない――〝ハガツオ、おいしいハガツオ〟子どもの肺はみずみずしい空気を吸い込むだろう。その後、彼は陽を浴びて遊ぶだろう。ここに残って、この女の金を手に入れなきゃならん。かわるがわる不安、怒り、希望を込めて、彼は壁、家具、それに将軍夫人の顔を眺め、唇を引き締めた。自分では平静なつもりだったが、不安で、雄弁で、必死なその目が本心を明かしていた。

「マルト・アレクサンドロヴナ、あんた、私を破滅させませんよね？　四千フラン、私のために四千フラン何とかしてくれますよね。三ヶ月分の借りを待ってくれますよね。私を追い払わんでしょ。一年待ってくれるでしょ。一年間、私が何をやらんでしょう？　四千フランで、ちゃんとした身なりができます。今、こんな私が大きなホテルの敷居をまたげますか？　誰が入れてくれます？　惨めなもんですよ……ニースでも、カンヌでも、シミエでも、一流ホテルのボーイた

ちが医者が必要になったら私を呼ぶと約束してくれました。でも水びたしのこの靴を見てくださ
い、この上着を見てやってください」彼は陽を浴びててかてかした生地を見せながら言った。
「あんたのご好意にかけて申します、マルト・アレクサンドロヴナ。あんたはひとかどの女性だ。勇敢な性格、意志、勇気をお認めになれませんか？　四千フランです、マルト・アレクサンドロヴナ、三千フランでも。後生です！」

彼女は首を振った。

「ダメです」

彼女はさらに小さな声で繰り返した――「ダメです」だが彼は言葉の意味よりも声音を聞いていた。言葉は何も意味しない、声だけが……彼女は苛立って「ダメ」と呟いたか？　怒って金切り声をあげたか？　もし本当に拒絶が容赦なく、決定的だったら、彼女は怒鳴り声を上げ、たちまち彼を追い払うだろう。この「ダメです」のむしろ優しい調子、この涙、それでも、青緑色の目の一層厳しく、熱く、鋭くなった眼差し、それは取引を求めていた。そして取引なら何も恐れるものではなかった。闇取引、長々しい交渉、売買に関する限り、何であれ引けを取った験しがなかった。

「マルト・アレクサンドロヴナ」彼は言った。「あんたのために何かできることは？　ご承知の通り、私は慎ましく忠実です。よくよく考えてください。あんたは心配そうに見える、マルト・アレクサンドロヴナ、私を信用してください……」

「先生」彼女は切り出した。

彼女は口を噤んだ。薄い板越しに、下宿屋の物音が二人に届いた。そこで、最後の金を使い果たし、憎み合い、愛し合う移民たちが生き、いがみ合い、泣き笑いしていた。娘たちの声、素早くせわしない足音、侘しい四つの壁の中の老人たちの疲れてあてどない足音。彼等の間にどんなたくらみが！　どんなもめごとが！　将軍夫人が知らないことは何一つなかった、確かに……彼女は彼を必要としていた。彼はどんなことだって尻込みしないだろう。彼は野生の流れのように魂に侵入する心のどよめきを感じた。何が何でも、生きてやる！　ためらい、臆病な恐れは消え失せろ！　何が何でも、息、食い物、暮らし、女房、愛する子どもを守るんだ。

彼女は重苦しいため息をついた。

「こっちにいらして、先生……先生、あなたは息子の嫁、エリナー、息子が結婚したあのアメリカ娘をご存知でしょ？　先生、私、絶望した母親としてあなたにお話しするんですが……あの子たちは子どもです、馬鹿な、過ちをやって……」

彼女は手の中でハンカチをもみくちゃにして、自分の額と唇を拭った。太陽が沈みながら、瞬間、屋根の上で輝き、部屋の中を満たした。荒れ模様の春の初めの一日だった。将軍夫人はひどく暑がり、ちょっと息を喘がせ、一段と人間らしく見えた。怒りと不安に溢れていた。

「息子は子どもなんですよ、先生……相手の方は、海千山千だと思いますけど。でも、事実はこうなんです。これまで二人は私に何も言わなかったんですが……先生、私たち、もう一つ食べさせなきゃならないひもじい口を持つわけにはいかないんです……私にしがみついて、私からのパンを期待する皆の重さで、私はぺしゃんこになってしまいますよ。この上子どもですって？

先生、それは無理ですわ……」

2　良き夫、ダリオ

サンマリー病院の狭くて清潔な部屋の中で、ダリオの妻、クララは自分の子どもの隣で、横になっていた。窓が半分開き、足に暖かい毛布を掛けていた。

シスターが「具合はよくて？」と尋ねると、クララは感謝の眼差しを彼女に向け、微笑んで白い修道女の頭巾を眺め、おずおずと、だが誇らしげに答えた。

「どうして悪いでしょ？　要るものは何でもあるんじゃありません？」

夜で、扉は閉まっていた。昨日の晩からダリオに会っていなかったが、彼女はまだ彼が来てくれると期待していた。シスターたちは彼の職業が医者だと知っていて、規定時間以外でも入れてくれた。

彼女はダリオが自分を皆と同じ部屋に入れるのに同意してくれなかったのが残念だった。彼女には友だちが一人もいなかった。決して他の女性と親しくなったことがなかった。人見知りで臆病で……異邦の街々で、全てが彼女を驚かせた。苦労してフランス語を学んだ。今は、発音は悪いが、この国の言葉を話した。だが人と離れて生きるのが習性になっていた。ダリオが一緒にいれば、誰もいらなかった。ここでは、子どもで充分なはずだったが、時折、急に、一人の女が側にいて欲しくなった。大部屋で女たちの笑い声が聞こえた……自分の子どもを人の子どもたちと比べるのは楽しいだろうな。他のどんな子だって私の息子、私のダニエルほどきれいなはずがない、こんなにごくごくお乳を飲まない、こんなに格好のいい体つき、敏捷な小さな足、完璧な手はしていないわ。だがダリオは彼女のために快適で、静かで、贅沢な特別の部屋を望んだ。ダリオったら、なんて私を甘やかすのかしら！　……私を騙すつもりだったのかしら？　彼の暮らしが難しいのを私が見抜かないとでも？　せかせかした動作、声、震える手のすばやい仕草の中の疲れが私に分からないとでも？

　だが子どもの誕生は彼女の心に安らぎを注いだ。何故かしら、彼女にはもう不安がなかった。自分の中に不安を抱えるには、彼女はあまりにも神に感謝していた。時折、彼女はベッドの外に軽く身を屈めてゆりかごを自分に引き寄せた――もっと側に、いつだってもっと側に――彼女は子どもに目をやらず、その呼吸に耳を傾けた。そして自分の痛む体をそっと横に回した。ゆりかごを放し、この時間、お乳が潮のように上りながら、熱病のように速く脈打つ自分の胸の上で両腕を組んだ。おなかも、胸も、ほっそりした膝も殆どシーツが持ち上がらないほど彼女は小柄で痩せていた。顔は年にしては、若過ぎ、同時に、老け過ぎていた。三十歳は越えていた。いくつかの特徴――小ぶりで、皺のない張り出した額、無傷の瞼、唯一美しい素晴らしく歯並びのよい白い歯がこぼれる微笑みは、ほとんど思春期の、きれいな娘のものだった。だが結い方がまずく、細かくカールした髪の中に散らばった房には白髪が混じっていた。茶色の眼は悲しそうだった。その目で愛し、希望を込めて迎え、熱い思いを込めて眺めた人々の顔に浮かぶ死に涙を注ぎ、注意深く見守り、見つめてきた。静かな口元は疲れ、無邪気で、辛そうだった。

　最後の訪問者が去り、軽い食事を載せた小さなワゴンが扉から扉を回った。自分の子どもにお乳を飲ませた女たちは夜の授乳に備えた。目を覚ました子どもたちが鳴き叫んだ。クララの部屋にシスターが入って来て、彼女がベッドの上に坐るのを手伝い、息子を彼女の腕の中に託した。逞しい女性で、厳しく、下膨れの血色のいい顔をしていた。

　しばらく、二人は滑らかで温かい頭を左右に回す赤ん坊を何も言わず眺めた。赤ん坊はちょっと泣きながら胸を探したが、直ぐに静かになり、二人は満腹して幸せそうな子どもがもらす喃語(なんご)に耳を傾けた。子どもはお乳を吸って眠った。二人は小声で話し始めた。

「今日はご主人、会いに来られなかったの？」シスターは尋ねた。

　彼女は歌うようなニース訛(なま)りで話した。

「ええ」クララはちょっと悲しそうに言った。

　彼が自分を忘れていないのは分かっていた。でもひょっとして電車賃がなかった？　病院は街の中心からかなり遠かった。

「いいご主人よね」シスターは眠りについた子どもの方に手を延ばしながら言った。その子を取り上げ、秤（はかり）に乗せようとした。だが子どもは直ぐに目を開け両手を動かした。クララはその子を自分で抱いた。

「ほっておいて、この子をほっておいて。まだお腹が空いてるんです」

「いいご主人だし、いいお父さんだわ」シスターは言った。

「〝必要なものは全部ありますか？　何も不足はありませんか〟なんて毎日私に聞かれるのよ。ああ、あの方はあなたを愛しているわ……さあ、いいわね！」彼女は立ち上がって、クララの腕から子どもを引き取りながら言った。

　クララは子どもを放した。ただし本能的に自分の側に引き留めようと体を動かし、シスターに笑われた後で。

「お乳をやり過ぎよ。病気になっちゃうわ、この子！」

「あら！　違います、マダム」クララは言った。彼女は世話してくれる修道女を〝マスール〟と呼ぶのにどうしても慣れることができなかった。「私、この子が欲しがるだけ飲ませてあげるのが嬉しいんです。だって最初の子どもに充分お乳を上げられなくて、買ってあげるお金がなくて死なせてしまったんですもの」

　シスターはちょっと肩をすくめた。真心、同情、それに〝あなただけじゃないのよ、お気の毒さま！　私は惨めなものを見てきたの……〟という意味のこもった軽視の表情を浮かべて。この身振りと頭巾の下から投げられた眼差しで、クララは不幸と切り離せない悲しみと恥辱から自分が放たれたような気がした。誰にも、決して、彼女は最初の子どものことを話していなかった。

彼女は小さな声で早口で言った。

「戦争の前、夫は私をパリに一人残したんです。彼はフランスの植民地に出発しました。そっちで働きたかったんです。私たち、旅も、別れも怖くありませんでした。よそ者ですからね。彼は私に言いました。〝クララ、俺は出発するぞ。ここじゃ飢え死にしちまう。お前が渡航する金はない。後から来るんだ〟船が出たとたんに、私、病気になって、子どもが生まれるって分かったんです。お金がありませんでした。なんとか暮らせた小さな職も失いました。後になって〝どこそこに行ってみなきゃ〟って言われました。でも私、何も知らなかったし、誰も知りませんでした。子どもは死にました。ほとんど飢えて」彼女は目を伏せながら言った。

彼女は自分の肩掛けを編んだウールの切れ端をきりきりと捩(よじ)った。

「よしよし、この子は生きていくわ」シスターは言った。

「この子、きれいでしょ、どうかしら？」

「勿論だわ」

シスターはクララの毛布の下に手を通した。

「あなたの足、冷えちゃってる。湯たんぽを入れてあげましょう。しっかり被せてね。悪い日々は忘れましょ。あなたのご主人は戻って、あなたをちゃんとお世話してくださるでしょ」

「まあ！　でも」クララはふっと微笑みながら言った。

「私、もうひよっこじゃありません。私、年をとりました。フランスに十五年住んでるんです。もう怖くないわ。あの頃、私、こっちで途方に暮れちゃって。私……」

彼女は突然口を噤んだ。こんなこと話してどうするの、誰が分かってくれるの？　シスターはきっと自分の村からやって来て、ニースの路頭で飢えて死んでいく貧しい娘たちを沢山お世話したんでしょう。だがクララは思わずにいられなかった。〝私はもっとひどかった、とても遠くからやって来て、まるで石の一つ一つが私を押し返し、一つ一つの扉、一軒一軒の家が――「出て行け！　自分の所に戻れ！　俺たちには救うべき俺たちの悲惨があるんだ、よそ者め！」と言っているようだったわ〟

シスターは彼女の足の下に暖かい湯たんぽを滑り込ませ、微笑んで出て行った。

「夕食を探してくるわ」戸口で彼女は言った。「あらご主人よ！」

クララは腕をベッドの外に投げ出した。

「ダリオ！　あなたなのね！　やっと」

彼女は彼の手を握り、自分の頬と唇に押し当てた。

「もう今夜は会えないと思った！　どうして来たの？　ひどく疲れてるのね」彼女は言った。

彼が何も言わずとも、疲れ切っているのが分かった。

彼女はダリオの体に腕を回して力いっぱい抱きしめ、その胸に顔を押しつけて、ベッドの上に坐った。

「大丈夫か？　子どもは元気か？　無事か？　いやなことは何も？」彼は尋ねた。

「何にも、何にもないわ、どうして？」

二人はフランス語、ギリシャ語、ロシア語、三つの言葉を混ぜてしゃべった。彼女は彼の指をさすった。

「どうしたの？　あなた」

彼は答えなかった。

「手が震えてるじゃない」彼女が言った。

だがそれ以上尋ねなかった。彼の手を自分の手の中に包み込むと、少しずつ、震えは止まった。

彼は気づかわし気に繰り返した。

「大丈夫か？」

「大丈夫。私、女王様みたいに幸せよ。欲しいものは何でもあって、だけど……」

「だけど？」

「私、帰りたい、なるべく早くあなたの側に戻りたいの」

彼女は夫の疲れた、険しい顔を見た。シャツはしわくちゃ、ネクタイはだらしなく結ばれ、ブラシをかけていない上着にはボタンが無かった。

「ダリオ、あなたの言ったこと、本当なの？　患者がいっぱいで、何にも不足しないって」

「本当さ」

シスターがお皿を持って戻って来た。

「食べろよ」彼は言った。「素晴らしいポタージュだ、はやく食べな、冷めちまうぜ」

「お腹減ってないの」

「いいお乳を出すために食べなきゃ」

彼女は食欲を発揮し、にっこりしながら彼が口に運んでくれる何匙かを飲み、軽い食事を終えた。

「で、あなたは？　夕食、食べたの？」彼女は尋ねた。

「ああ」

「ここに来る前に？」

「そうだ」

「ああ！　そのせいで遅くなったの？」

「そうだ、安心しろよ」

彼女は微笑んだ。彼は妻が残した一切れのパンを皿から取り、手の中に隠した。

クララが疲れないように、ランプの前に青い紙が一枚ピンで止められ、光を遮っていた。部屋は薄暗かったが、彼女は夫がこっそりパンを貪り食うのを見た。

「まだお腹が空いてるの？」

「いや。そんなことはない……」

「ダリオ、あなた食べてないのね！……」

「何を考えてるんだ？」優しい声で彼は言った。「クララ、落ち着け。心配するな。何にしろ心配は子どもに悪いぞ」

息を詰めて、彼はゆりかごに身を屈めた。

「クララ、こいつは金髪になるぞ……」

「いいえ、そんなはずないわ。二人ともこんな茶色の髪じゃない。だけど私たちの親は？……」

二人は思い出そうとした。彼、ダリオは早くに孤児（みなしご）になっていた。クララは十五で、好きになったこの放浪者に着いて父の家から逃げ出していた。夜になって、長い道の果てに、ほとんどぼんやりした人影が見えるように、過去の奥底から半分隠れた蒼ざめた顔が浮かび出た。一人の女は年より先に老けて大きな黒いショールを眉まで掛け、もう一人の女はいつも酔っぱらい、口を開けば、怯えるか弱い子どもの頭上で、呪いと罵詈雑言（ばりぞうごん）をわめきちらしていた。クララの父は皺の深い顔をして長い灰色の顎鬚が胸に垂れていた。ダリオの父はギリシャ人で、惨めな行商人だった。この男のことをダリオはもっと覚えていた。彼自身がその生き写しだった。

「俺たちの両親は俺たちみたいに茶色の髪だった」

「お祖父さん、お祖母さんは？」

「さあ！　そいつは……」

祖父母のことは知らなかった。彼等は子どもたちが出て行き、遠くへ散り散りになっても、出身地――ギリシャ、イタリア、小アジアに残った。出て行った世代にとって、彼等はいなかったも同然だった。もしかすれば、視界から消えたレヴァント人の一人が、ゆりかごの中で、この金色の産毛、このきれいな肌を持っていたのか。もしかすれば！……

「クララ！　祖父母のことなんかどうして分かる？　おまえは自分をフランス市民と思えばいいんだ」

二人は微笑んだ。お互いがよく分かっていた。二人は肉体、心、愛で結ばれていたばかりか、クリミアの同じ港で生まれ、同じ言葉をしゃべり、お互いに兄妹だと感じていた。同じ泉で飲み、苦いパンを分かち合っていた。

「生まれた時、修道院長様が来てくださったわ。家族が喜んでるか、私に聞かれたの。ダリオ、近くのお部屋じゃお祖父さん、お祖母さんや叔母さんたちが訪ねて来て声を上げるのが聞こえるのよ――〝この子はお祖父さんに、従弟のジャンに、十四年に死んだ伯父さんに似てるわ〟私はあんなの一度も聞いたことがなかった。リボンをつけた小さな箱を手に持ってね。シスターの話じゃ、よだれ掛けや、小さな服や、おもちゃや、コートなんですって。それに古い敷布から自分で縫った寝間着まで……」彼女は小さな声で言った。

彼女は疲れていた。静かに話し、途中でやめて、苦しそうに息をした。ゆりかごの周りに屈みこむ家族たちや、体がこすれてくたびれた敷布を想像した時の自分の驚き、感嘆を表現する言葉が見つからなかった。夜ごと、長い人生の間、そんな敷布から新生児のために寝間着やおむつを作ったなんて。

「私、お世話してくださるシスターに言ったの。〝私たちに家族はありません。誰も私たちを気にかけません。誰もこの子の誕生を喜ばないでしょう。もう一人の子が死んだって誰も泣きませんでした〟って。あの人は聞いてくれる。でも分かってはくれないわ」

「どうして彼女に分かってもらいたいんだ?」ダリオは肩をすくめて言った。

彼はクララの疲れと動揺を案じた。彼女を黙らせようとした。だがしゃべりながら、彼女は夫の腕に額を載せたまま眠っていた。シスターが入って来て、音をたてず鎧戸と窓を閉めた。サンマリー病院では、夜の空気に気を配った。

クララは突然目を開け、不安そうにもごもごと言葉を洩らした。

「そこにいるの? ダリオ。あなた? ほんとにあなたなの? この子は生きていくかしら? ちゃんと大切にされるかしら? 何にも不足しないかしら? 彼は生きていくかしら?」

彼女は〝彼は生きていく〟と繰り返し、それから完全に目を覚ました。にっこり笑った。

「ダリオ、ごめんなさい、私、夢を見るの。さあ、行って、ね。遅くなったわ。明日ね。愛してるわ」

彼は身を屈め、彼女にキスした。シスターは親しみを込めて叱りながら、彼を扉の方に押しやった。八時を過ぎていた。廊下では所々、夜は消される明かりの代わりに、手術を受けた患者や重病人が寝ている病室の番号の下に小さな青い常夜灯が灯された。シスターの一人が〝静粛に〟の表示板に明かりを灯した。

外は美しい春の宵で、ダリオは子どもの頃から親しんだ匂いを吸い込んだ。クリミアから地中海にかけてめぐり会う——ジャスミン、胡椒、それに海の風だった。

3　異邦の街角で

将軍夫人は翌日に金を約束していた。今夜、ダリオはまだ無一文だった。病院から自分の住いまで彼は歩いた。戸口の前で、ガス灯の炎では見えにくい家の所番地を読もうとしている女が見えた。帽子は被らず、肩にショールを掛けていた。息を切らし、じりじりして心配そうだった。

ダリオを見ると、彼女は尋ねた。

「お医者様が住んでるのは確かにこちらですか？」

「ええ、私ですが」

「直ぐに来ていただけますか？　先生。私の雇い主なんです。とても急を要します」

「いいですとも、着いて行きますよ」ダリオは言った。希望に胸が膨らんだ。

誰もいない道沿いに二人は何歩か歩いた。歩きながら、ダリオはネクタイを整え、濃い髪の毛に手を通し、不安になって、ろくに剃っていない頬に触った。

だが女は不意に立ち止まった。ためらい、ダリオに近づいて、しげしげと見つめた。

「あなたは確かにルヴァイアン先生ですか？」

「いいえ」彼はゆっくり言った。「私も医者です、しかし……」

女が彼を遮った。

「あなたはルヴァイアン先生じゃあないのね？」

「その人ならこの先に住んでます、同じ通りの三十番地。もし彼がいなかったら」ダリオは遠ざかる女の袖をつかんで言った。「私は一晩中家にいますよ。私のアパルトマンは〝ミモザハウス〟という下宿屋の上です。医師アスファールと申します」

だが女の姿はもうなかった。走って道を横切っていた。ベルを鳴らしたのはダリオの戸口ではなかった。ダリオは家に帰った。

ルヴァイアン、マッサールかデュランと呼ばれる、なんて夢だ！　誰がこの俺、ダリオ・アスファールを信用するか？　この顔、この外国訛りで。ご近所のルヴァイアン医師、その男のことは知っていた。灰色の髭、感じのいい落ち着いた雰囲気、小型自動車、きれいな家がどれほど羨ましかったか……

彼は自分の住いと下宿屋共用の階段をのろのろ上った。思いの中に、クララと子ども、自分の幸せ、たった一つの愛情が甦った。息子がいるんだ、俺、ダリオに！　心の中でどんな運、どんな神に祈るか、誰に息子の保護を頼むか探し求めた。だが父親には当然の誇らしさを彼は感じなかった。不安で、打ちひしがれていた。お馴染みの身振りで、絶えず顔を手でこすった。苦しげな顔つきも、褐色の肌も、魂も、自分の息子に伝えたくなかった。

彼は部屋に入った。くつろぎを感じなかった。この家の中で、我が家にいるとは感じなかった。どこであれ、彼は我が家にいると感じたことがなかった。ランプを点け、椅子に腰かけた。ひもじかった。朝からひもじさにつきまとわれていた。病院で食べた小さな一切れのパンは飢えを癒すには程遠く、食物への欲望をなおさらかき立てた。肉も、パンも、金も見つからないと完全に分かっていたが、食器棚、テーブルの引き出しを開けた。

壁に掛かった小さな鏡の前を繰り返し通った。鏡に映った斜視、血色の悪さ、口元の苦く悲しい皺、震える手を彼は恥じた。

〝一晩くらいあっと言う間じゃないか〟自分自身を安心させ、強いてからかいながら、彼は小声で言った。

〝ひもじいのは初めてか？　ダリオ、昔を思い出せ！〟

だが思い出は現在にこだまし、ほとんど耐えがたい窮乏を延長させた。

〝俺はなんて甘ったれてるんだ〟彼は侮蔑を込めて思った。

〝明日は食えると分かってる、それで俺には充分じゃないのか？　昔なんぞ……〟

だが昔は、自分が惨めな浮浪児に過ぎないこと、物乞いでも盗みでもできることが分かっていた。（彼は港のがきどもと一緒にひっくり返したスイカを満載した荷馬車と、上っ張りの中で、なめらかでみずみずしいスイカを裸の肌に抱きしめながら、どんなふうに逃げたかを思った）今でも口の中にピンクの果肉の味、歯の間に黒い種の当たる音を感じた。市場でのかっぱらい、公園での襲撃……彼はちょっと笑い、大きく呻いた。

今、彼はもう食事の施しを求めることも、一切れのパンを買う金を借りることもできなかった。彼はより尊大で、より気難しく、より臆病だった。何より、どんな犠牲を払い、どんな嘘をついても、面子を保ち、恵まれて気楽な境遇の体裁を守る必要があった。（そういう訳で、妻が病院に行って以来、彼は時折閉めた扉の向こうの患者たちを空しく期待するのに疲れ、見せかけの診療鞄を腕に下げ、田園地帯を散策した）

最近、暮らしはひどく困難だったが、彼はパリで学生だった頃のように、あれこれ物を売って金を手に入れる度胸すらなかった。そうすることはできただろう。いくらか本を持っていた。だが彼はニースの全住民が自分を見知っているような気がした。ここは田舎町だった。主婦たちは仲間内でおしゃべりし、門番どもは朝っぱらから敷居の上で待ち伏せしていた。地域の小商人どもは、外出する彼を目で追った。御者たちの皮肉で刺すような一瞥まで恐れた。連中は客を待ちながら、日向で、口に花を一輪くわえて寝たふりをしていた。傍らでは馬が藁を結わえた長い耳をぴくぴくさせていた。そうだ、ここでは誰もが彼を見張り、密告しそうだった。ここではパリのように、慈悲深く一人で放っておいてくれなかった。身なりの悪い、外国訛りの、不運で哀れなこの男を誰もが忌み嫌っている、と彼は思った。彼が腕に荷物を下げ、何かの本を売ろうとして街路を大股で歩くのを奴らが見たらどんなことになるか。

〝いや、そいつぁ無理だ！〟彼は思った。

夜は静かで、ちょっと息苦しかった。彼は上着を脱ぎ、襟を外し、夕刊を手に取った。だが目の前で活字が躍った。ひもじさが増し、彼の中に、男の身体から魂のど真ん中に通じ、憎悪に満ち、絶望的で、下劣な思いの波を運ぶ道を掘った。彼は心中、将軍夫人とエリナーを思い浮かべた。すると呵責（かしゃく）を感じないばかりか、痛烈でシニカルな満足を感じた。おそらく将軍夫人は正しかった！　子どもの誕生を喜んで何になる？　こんなに自慢の息子を養うのに、俺、ダリオにできるのはあれだけじゃないか？

道の向こう側にこじんまりしたレストランがあった。部屋の窓から、ダリオは照明された部屋、長くて白いテーブルクロスの掛かったいくつかのテーブルを眺めた。時々、ギャルソンの一人が窓に近づき、通行人を誘うために窓ガラス越しに並べた、調理済みのお皿を取った。黄金色のパン、篭の中の桃、尻尾（しっぽ）を逆立てた冷製のオマール海老、編んだ藁でくるんだ丸いボトルのイタリアワイン。女性を腕に取った一人の散歩者が立ち止まり、小さなレストランの看板を杖で指した。二人は入った。〝たっぷり食うんだろうな〟ダリオは思った。

彼は立ち上がって、窓に顔を貼りつけた。だが窓が彼と食べ物のイメージの間に立ち塞がった。彼は十字窓を開け、身を屈めた。照らされた換気窓からしみ出るはずの匂い、多分暖かいポタージュ、高級なバター、フライパンでゆっくり炒めて焼き色のついた野菜、最後に肉の素晴らしい匂いを吸い込もうとした。だがレストランは遠すぎた。彼が嗅いだのは、踏みつぶされた花の香りで、それが彼を酔わせ、むかつかせた。足元の暗がりのベンチで男と女がキスしていた。ひもじさがダリオの体の中で別の欲望と入り混じった。彼は肉とワイン、パン、それと女、泡の褥（しとね）の中のふくよかな果実、裸の胸を渇望した。暗闇から急に湧き出すその白い輝きが見えたと思った。だが恋人たちは立ち上がって出て行った。二人は互いに腰に手を回し、歩きながら酔ったようによろめいた。ダリオは声低く罵った。なんで、他の奴らにとって、人生は繊細で美味しい味がするんだ？　彼にとって、それは苦労して探し求め、努力して奪い取る生（なま）の粗悪な食物だった。他にやりようがなければ、齧（かじ）りついてでも。なんでだ？

4　ロシア風バーレスク

クララは翌日戻ることになっていた。将軍夫人の四千フランで、ダリオは急を要する借金を払った。パリ以来責め立てられていた借金、ニースでのつい最近の借金を。今、彼は胸を張っていた。パン屋の敷居の前も、鏡張りの店の中で太いソーセージの房が人目を引く食料品屋の前も、もう俯いて、壁すれすれに通ったりしなかった。遂に、彼は乳母車、ゆりかご、病院に入った時に着ていた服しか持っていないクララのためにコートを買った。ダリオ自身は食べ、飲み、新しい服を注文して手付を払い、まだ残った千フランを銀行に預けた。

遂に運が向き、彼は昨夜、二日前にニースに着いた若いフランス人の役人夫婦に呼ばれた。荷物も解かず、床にまだ引っ越しの屑を引きずる中で、夜中に子どもが急に病気になっていた。

彼等はダリオを救い主のように迎え入れた。感謝、親愛、敬意を込めて彼の言葉に耳を傾けた。彼等と一緒にいて、どれだけダリオが快哉を叫んだか。どれだけ優しく彼等に語りかけたか！彼等を安心させ、母親を喜ばせてどんなに幸せだったか！〝何でもありませんよ。ただの痙攣性の喉頭炎です。明日になったらもう出ません。何てきれいな子です！　なんてしっかりした子です！　安らかにおやすみなさい、奥さん。安心してくださいご主人。気にすることはありません！　何でもありませんよ！〟

二人は彼に感謝し、階段が照らされた戸口まで見送った。知らない街で、慌てふためく中で、これほど博識で、献身的で、丁重な医者を見つけた幸運を重ね重ね喜んだ。ダリオは思った。

〝悪い日々は本当に過ぎ去ったのか？　忘れられんと思ったが、こんなにあっという間に去るとは！　なんで俺は絶望したんだ？　なんで悪事に走ったんだ？〟

現に、幸運にも彼はご立派なことをしてのけていた。エリナーは二日間寝たままだったが、今はすっかり元気になっていた。彼女はアメリカのしたたか者だった。あれは彼女の初めての試みではなかった、確かに……

ダリオは夕食を摂り、眠った。この夜はカーニバルの最終日だった。窓の下の群衆の騒めき、花火の大音響の中で、彼は最初扉を叩く音が聞こえなかった。やっと叫び声が届いた。彼が開けると敷居の上に将軍夫人がいた。髪を振り乱し、息を切らせ、長くてごわごわした昔風のシャツにかけた赤い絹のショールが床まで垂れていた。

「早く来て！　早く来て！　先生！　お願いです、息子が自殺したのよ！」

彼は大急ぎで服を着て彼女に着いて階段を下りた。下宿屋の居間では将軍の息子がナイフで自分の血管を切って血を流し、灰色の平織のソファーに横たわっていた。痩せた大柄な青年で、背が曲がり、髭を剃らず、蒼ざめ、グレーハウンド犬のような尊大で間の抜けた表情を浮かべていた。この青年が一人だけ部屋にいないエリナーの夫だった。下宿屋の全住民が目を覚まし、ソファーの周りを囲んでいた。濡れ手拭いが床を這い、水を満たした洗面器が家具の上に置いてあった。夜はベッドに変わるソファーは部屋の真ん中に引き出され、血まみれの敷布がはがされ、床に投げ出されていた。怪我人が使ったナイフも、むき出しのまま、同じように床にあり、絶えず誰かが刃の上を歩いては切り傷を負い、痛さに叫びを上げて遠くへ蹴飛ばした。見ている者たちは目の前で繰り広げられる場面に興味津々で、誰もそれを拾おうとしなかった。ロシア人の本当の浪費癖で、彼等は埃で曇った三層の古めかしいシャンデリアが照らす部屋の中ばかりか、卓上から隣の部屋まで至る所の電灯に電気を点けていた。窓が閉じられ、息が詰まった。中途半端な服装の女たちがダリオを取り巻いた。その中で、背が高く、痩せて、目がくぼみ、ナイトガウンを着て、長い髪に紗のベールを載せ、口に煙草をくわえた裸足の女が、ダリオの袖を引きながら威厳のある口調で繰り返した。

「彼の部屋に運ばなければなりませんわ」

「いいえ、だめですわ、王妃様。それは無理だってよくご存知でしょう」もう一人の女が叫んだ。「彼には部屋がないんです。彼の部屋はフランス人と寝ている男爵夫人が借りてしまって！」

「その人たちを起こさなきゃいけないわね」

「フランス人をですか？　でもあの人は起きませんわ。フランス人が納得しますか？」

将軍夫人は両手で長椅子の木枠にしがみつき、離そうとしなかった。灰色の髪、垂れ下がった震える顎をして、黒いウールのキャミソールを着た老婦人の義母が彼女を支えていた。彼女の夫は片隅で椅子に腰かけ、ピンク色のブルドッグを胸に抱きしめていた。将軍は痩せて蒼白い顔をした小柄な老人で、山羊髭が薄っすら顎を覆っていた。彼は悲しそうに長々と吠える犬を引き寄せ、声もなく泣いていた。

「犬は死人に吠えるのよ！」将軍夫人は叫んだ。「息子は死ぬわ！　この子、死んじゃう」

「離れて！」ダリオは言った。だが誰も聞いていなかった。

「マルト・アレクサンドロヴナ、お静かに！　お願いですから、落ち着いてください！」女の一人がヒステリーで震える声で叫んだ。「静かにしなくては！」

「彼の奥さんはどこです？　エリナーさんはどこにいるんです？」ダリオが尋ねた。

「あいつがこの子を殺したのよ！」将軍夫人は絶叫した。「あの不良女、ゲスの売春婦、この子がどぶから拾い上げてやったあのアメリカ女が！　あいつは今朝出て行ったわ！　この子を棄てて！　この子はあいつのせいで自殺しようとしたのよ」

「なんて罪かしら！　なんて恥ずかしい！」黒いキャミソールの老女は泣き咽(むせ)んだ。「私のかわいいミテンカ、愛しい孫が！　この子が死んでしまうなんて！　私は夫と二人の息子がボルシェヴィキの爆弾で死ぬのを見たのよ、ミテンカ、私のたった一つのこの世の愛が！」

「私、この子に言ったのよ。〝あの女と結婚しちゃだめ……〟って」コントラルト（訳注：女性の最低音）が苦も無く騒ぎをかき消す将軍夫人は呻いた。「ムーラヴィネ家の者はシカゴの路上の娘なんかと結婚しないわ。あいつがどこの出か私が知っているか？　この子があいつをつかむ前に、あいつは街中皆と寝ていたのよ！　アメリカ女、石みたいに硬い心！　あいつにこの子が分かる？　この子みたいな魂が理解できるの？　ミテンカ！　ミテンカ！」

ミテンカは、そうするうちに、ダリオの手当のおかげで目を開いた。二人の女はその前に跪(ひざまず)き、その手にキスを浴びせた。ダリオは両開きの窓を押した。閉じた部屋の中では息ができなかった。

「窓は閉めなさい！」祖母が金切り声を上げた。「この子は裸よ！　風邪をひいてしまうわ！」これまで場面に立ち会っていた若い女たちは部屋に入ったり、出たり、扉の中であたふたとぶつかり合い、運んで来た洗面器の水をこぼしながら彼女をなだめた。

「いいえ、違います、アンナ・エフィモーヴァ！　空気はいりますよ。きれいな空気が必要なんです。きれいな空気は危険じゃありません！」

「それじゃ、この子に掛けてやって、この子に掛けてやって！　ご覧なさい！　また気を失っちゃったわ！　震えてるじゃないの！　窓を閉めなさい！　閉めなさい！」

「逆ですわ！　開けて！　できるだけ広く開けて！」女たちは叫んだ。

「離れなさい、彼をそっとして」と頼むのに疲れたダリオは、将軍夫人の手首を力を込めて掴み、彼女を肘掛け椅子に投げ出した。

「この人、気絶しちゃったわ！」女たちが叫んだ。「お水を！　お水を！」

将軍がそれまでブルドッグの毛の中に隠したままだった顔をやっと上げた。

「先生！　この子をお救いください、先生！」

「ご心配なく、将軍、ごく浅い傷ですよ」

「先生！　この子を救って！」自分を抱き留める腕を振り解いて将軍夫人は叫んだ。彼女はもう一度ソファーの足元に突進し、ダリオの手を掴んでキスを浴びせた。「あなたの奥さんにかけて！　生まれたばかりの赤ちゃんにかけて！　私、百年生きたって忘れません！　私の息子なんですもの！」

「でもなんでもありませんよ。大した傷じゃありません。そっとしておけば、二日で消えてなくなりますよ」

「母さん！」怪我人が呟いた。

それから彼は涙にくれた。

「エリナー！」

「まあ！　ミテンカ、私の愛しい子！」祖母は叫び、老女の小さな涙がちょっぴり目の隅に見え、頬を伝った。「ありがたいですわ、先生、あなたが彼の命を呼び戻してくださったのね！」

「助かったの？　私に誓うのね？　先生。私の子どもは助かったのね？」

将軍夫人は突如息子に飛びかかり、肩を掴んで揺さぶった。怒りで目がらんらんと輝いた。

「馬鹿な子ね！　あなた、母親のことは思わなかったの？　父親は？　お気の毒なお祖母様は？　あばずれ女のせいで自殺なんて！　売春婦のせいで、忌々しいアメリカ娘のせいで自殺なんて！」

女たちがまたとりなした。

「マルト・アレクサンドロヴナ！　落ち着いて！　あなた死んでしまいますよ！　ほら彼がご覧なさい。蒼ざめてるじゃないですか！……先生、先生、将軍夫人に鎮静剤を！」

「母さん、あなたに責められると、僕は絶望しちゃうよ」ミテンカは嗚咽（おえつ）した。「でも、僕はエリナーに会いたい！」

「帰って来るわ、あなた、あの人は帰って来ますよ」祖母が言った。

「男子たれ、我が息子よ」将軍は思い余って、犬が悲痛な叫びを上げるほどその頭を強く絞めつけながら呟いた。

「もしあいつが戻ったら」将軍夫人はわめいた。「私が追い払うわ！　私がこの手で絞め上げてやるわ！　あいつが出て来たどぶに投げ返してやるわ。自分の娘として扱ってやった売春婦！　あいつのためにしてやった全て！　私にはようく分かってた。私、目をつぶったのよ……ミテンカのために！　料理もやったわ、この私、ムーラヴィネ将軍夫人が、ごみ箱も運んだわ、あの忌々しいアメリカ女のためにベッドまで作ってやったのよ！　四千フラン払ったのよ、あのために……だけど、あのお金、私、あれが欲しい！　あなた、私にあれを返すわね！」突如、ダリオの方を憤然と振り向いて彼女は言った。

「明日よ！　明日以降じゃだめ！　私、あの娘のために使ったお金が欲しい！」

幸いにも、彼女はすぐに、またしても気を失った怪我人の足元で卒倒した。

ダリオはそれを利用して、やっと女たちを出て行かせた。

一人残った彼は将軍夫人を隣の部屋に運び、その顔に洗面器の水をかけた。将軍夫人は我に返った。

「先生！　私、嫁が作った借金なんか認めないわ」目を開けるや否や彼女は言った。「あなた、私に借りてるお金はどうぞすぐ払ってくださいね」

「あんた、気が狂ったんじゃ？」今度はダリオが金切り声を上げた。「あんたの嫁が出て行ったのが私のせいですか？」

「あなたのせいじゃありません。でもあいつが私の息子を殺して私から四千フラン揺すり取ったとは言えないでしょ！　私たちにとって何だか分かりますか？　四千フランが。あなたにあれをあげるために、私、婚約指輪と貸しつけの担保に友だちが残した聖像画を売るはめになったんです。その人泣いて、この手にキスして、八日間待ってって懇願しました。私はあの女のために幼友達を絶望に追い込んだんですよ！　それに子どもはミテンカの子でさえありませんよ、きっと！」

〝この女にとって一番の急所はこれだったのか〟失笑をどうにか押し殺してダリオは思った。〝この女が殺した子どもはミテンカの子じゃなかった！〟

「しかし、私だって金はありませんよ！」彼は叫んだ。「稼ぐ時間を私にください。どこでそれを手に入れろと？　昔の借金を払ったんです。千フラン残ってますが、明日女房と子供が病院から戻ります！　あの金は私のものだ、結局！　私が稼いだんだ！」

彼女は冷たく笑った。

「どうやって稼いだか、あなた言えるの？」

「じゃ、あんたは？」

「一体それは脅し？」彼女は憤然と叫んだ。

「それにしても、あんたはどうしようもない人だ、分かってくださいよ……」

「私に分かるのは一つだけ——誰も私に払わない、ってこと！　ここにいる皆を私が養ってるの。

夫は自分が食べるパンも稼げない哀れな存在だし、息子だって大してましなもんじゃないわ！彼等のために、私はまるで休む間もなく働いてるの！　この私、ムーラヴィネ将軍夫人が、芸術家のこの私が！　あのお金、血のにじむ思いであなたにあげたのよ！　でもあれは必要だった！ミテンカのために！　それで今、あの女は出て行って、私はあなたと奥さんがあのお金で安穏に暮らすのを知りながら生きなきゃならないの？　いいわね、先生、家族のこの話はお互い秘密にしておきましょう。そう、もし明日私に払わなかったら、あなた、立ち去って、どこへでも行くがいいわ。ただし、あなたは私に三ヶ月分借りてるんだから、私はあなたが持ってるものを全部押さえるわよ！　あなたのトランクも押さえるわ、そうすりゃ街中があなたがみっともなく私の家から追い払われたことを知るでしょうね！」

ダリオは自分の評判が危機に瀕し、未来が失われるのが瞬時に分かった。反抗の叫びは上げなかった。彼の人生は反抗ではなく、粘り強さ、辛抱、絶えず裏切られ、絶えずやり直す努力、魂の力を増し、集中させる表面上の諦めに向けて準備されていた。彼は言った。

「たくさんです、マルト・アレクサンドロヴナ、明日あんたはお金を手にしますよ」

5　給仕長、マルティネッリ

ダリオは将軍夫人が、怯える家族を独裁的に支配することに慣れた女なら誰しもそうであるように、一つの物事が道理に叶い、可能だと考えることを決して止めず、雌ラバのしつこさで自分に払うべき金を要求し、獲得に成功することが分かっていた。彼は正に今日、金を見つけなければならなかった。

明け方早々、彼は残った夜の間中眠らずに悶々としていたベッドを離れた。なるべく早く出かける必要があった。その日一日、多分奔走に明け暮れるだろう。昼間がより長ければ、チャンスはより大きい！　だが、実際、家を出た瞬間でさえ、彼は自分がどこに向かうのかまだ分かっていなかった。彼の思考はいきなり力と驚くべき俊敏さを授かったようだった。それは心の中で出口を探し、狩人に追われる獣のように瞬時にあらゆる道を探りながら、可能な全方向に駆け出した。

彼は子どもの手当をした若い役人夫婦を考えた。だめだ、そりゃ無理だ。〝もし彼等が同情してくれたって〟ダリオは思った。〝いつかしゃべってしまうだろう。その後、誰が俺を信じる？　誰が俺を呼ぶ？　誰が俺に命を託す？〟同じ言葉が絶えず心の中で甦った。

〝文無し、お産明けの女房、生まれたばかりの子ども、それで明日もその後の日々も生きたけりゃ、昼前に金を見つけなきゃならん！　誰が俺を助けてくれる？　誰が？〟

その時、アンジュ・マルティネッリのことを思いついた。彼はその男の息子を治療していた。モンテカルロのカジノの側に建った新しい超高級ホテルの給仕長だった。ニースのサン・ルパラット教会の裏手に自分の住いがあり、そこで息子と暮らしていた。その若者は二十歳で病身だった。誰からも見放された時、祈禱師や妖術師に頼むように、ダリオは、窮余の一策として父親から呼ばれていた。ダリオにとってそれは唯一の希望だった。現にアンジュは金持ちだった。

アンジュの家に顔を出すには早すぎた。彼はアーケードの下で立ち止まった。ヴォガドの店の換気窓から果物の砂糖漬けの匂いが漏れ、気をそそられた。死ぬほど飢えて、飢えた獣みたいに食い物の匂いを吸い込む日がまた来るのか？

通りに沿って扉に鏡をはめ込んだ商店が並び、鏡の一つ一つが彼の姿、不安げな暗い顔、とんがった耳、長い歯を投げ返した。もうマッセナ広場からアングレ街にかけて散らばった、絨毯、オペラグラス、猥褻葉書の商人どもと似ている自分が忌々しかった。行き当たりばったりで、すれっからしの人生、確かに、それが子どもの頃から彼に定められた運命だった。奴ら、レヴァントのごろつきども、彼の兄弟たちのように。一体彼が彼等と少しでも違っていたか？　顔つきも、訛りも、痩せた背中も、狼のように光る目も、彼はどんなに彼等と似ていたか。

とうとう、彼はマルティネッリの家に着いた。サン・ルパラット教会の陰に隠れた古くて暗い建物の中で、マルティネッリはとても質素なアパルトマンに住んでいた。

〝大したもんだぜ〟ダリオは苦々しく思った。〝彼は金持ちだ。なのにずっとこんなふうに暮らすんだ。ブナ材のサイドボード、ロゼワイン、かけたサラダボウルの中のヴァール川の小魚のフライ、ところが俺は……俺ははったりをかまさなきゃならん。惨めなざまは見せられん。家具、上等な服――上っ面が、体裁が俺には必要だ。給仕長は賢明でいられるんだな〟

　彼はベルを鳴らした。二部屋共通の玄関先で、脚をむき出しにした娘が手にした赤い魚に噴水の水を流していた。ダリオは彼女に鋭く、焼けつくような眼差しを向けた。女への欲望は、時折、人生で最も厳しい瞬間に、いきなり彼を襲った、まるで魂の奥底にある全ての澱(おり)が、その時また表面に浮かび上がるように。

　マルティネッリが扉を開いた。

「あなたですか？　先生。お入りください」

「夜はどんな具合でした？」

「いつも同じですよ。熱があって、落ち着きませんでした。今朝は三十七度に下がりましたがね」

「喀血は？」

「ありません」

　マルティネッリはシャツ姿だった。風采のいい男で、重厚な赤ら顔、黒々とした髪、極度に鋭い目をしていた。素早い眼差しが半分閉じた瞼の下をかすめた。閃光のような、俊敏で大胆な眼差し、軍隊か厨房の上層部で、長たる者が共通して使う、全てを見て、全てを評価し、何も忘れない眼差しだった。彼はダリオの顔からその思いを読み取っているようだった。彼は尋ねた。

「今日はお出でいただく日でしたかな？　先生」

「その方がよいと思いまして」

マルティネッリは彼を食堂に通した。

「寝ていますよ、今は。いやはや、私には、なんたる人生か！　私はくたくたですよ。昨日は金銀の祝宴、今夜は真珠の祝宴、徒刑囚の仕事で、誰も頼りになりません、それでこいつは……」

彼は強く唇を噛んだ。

「こいつには……ほんとに素晴らしい未来が！　望めば料理長にだって！　こいつには厨房の才、天分がありました。とても親切で、情愛があって……だがだめでしょうな……」

彼は怒りと期待を込めた表情でダリオを見た。

「二十歳で、だめとは！　そんなことが許されちゃいかん」彼は内にこもった不安げな声で叫んだ。「こいつを救わなきゃいけません、先生。もっと試してください、なんでもやってみてください」彼は呟いた。

病人が咳をするのが聞こえた。

「私は彼を直しますよ」ダリオは言った。「あなたにそれを誓います。彼がよくなるのをあなた自身、ご覧になりますよ。回復が感じられます。彼は若いし、充分な治療を受けています。希望を捨ててはいけません」

彼は給仕長が感謝を込めてこう言うほど大いに説得力をもって長々と語った。

「あなたの素晴らしい治療には決して感謝しきれません、先生」

〝今だ〟ダリオはそう思い、唇が乾いた。小声で言った。

「私はあなたにお願いに来たんです、私も、私の方から。お金を貸してください、マルティネッリさん、私を救ってください！」

いや、これは彼が言う必要のないことだった。哀れみを乞うてどうする？　無駄だ！　彼にはそれが分かっていた！　それを学び、決して忘れないほど充分に生きてきた。

「分かっています――金は金だ。でも私に賭けられませんか？　競馬をおやりですね、知ってますよ。この私を張った金の二倍三倍戻せる馬としてご覧なさい。私には健康も、若さも、免許も、知識も、職業もあります。いい医者なんです。息子さんをしっかり診ているのはご承知の通りだ。ところが当地じゃ知られていません。払いもせずに時間ばかりとるロシア移民に囲まれてます。何人か患者がいて、いい人たちです。彼らは私を信頼しています。私を放さないでしょうが、彼等には金を請求できないんです、まだ！　医者が報酬を年二回請求するのは認められ、尊重されています。でもせっついて、悲惨をさらけ出す！　いやはや！　それじゃその人たちを致命的に傷つけちまう、そんなに無遠慮で、無作法で、堪え性がなかったら。でも、そうするうちに、私には何もない、もう何もないんです！　今朝、四千フランの借りを払わなきゃなりません。

それでも足りんでしょうが……聞いてください、マルティネッリさん！　私に賭けてください。張ってください。一万フラン貸してください、でもお返しするのに一年息をつかせてください。それで利子はお望み通り要求してください！　あなたは思うでしょう――〝一年たっても、こいつは同じことさ〟ってね。でもそりゃあり得ん！　私には力と、希望と、勇気があるんだ！　成功するのにこんなに長い時間がかかっても、私のせいじゃない。私は非常に低い所から出発したんです。信用してください。一年です。一年しか求めません。あなたのために、私に何ができるか？　ようく考えてください。私はあなたのお役に立てます。私を救ってください、それで万一の時、私は一番忠実で……一番慎ましいあなたの友となりますよ……私を助けてください！」

アンジュは、その間、何も言わず彼の話を聞いていた。人が金か奉仕を求めても、救おうとせず、目の前で死なせてしまう男の冷ややかで閉ざされた顔、それにも慣れ、もう恐れない必要があった！　どんな手管なら、どんなしつこさなら最後に心をつかみ取れるのか、見極める必要があった。

こんなふうに懇願しながら、ダリオは頭を下げたが無駄だった。救いは他にあった。彼はやっと自分を落ち着かせた。顔の表情が変わった。誇り高く、冷ややかな雰囲気を作った。医者と患者の間に、ついたてのように割って入る空ろに光る眼差しをようやく取り戻した。

「もう話は止めましょう。もしあなたにその気がないなら、私はニースを去るしかない。それでよく聞いてくださいよ、マルティネッリさん、もし世界で誰かがあなたの息子さんを救えるとしたら、それはこの私です。彼は死ぬところでした。よくなってます。もっとよくなるでしょう。熱は下がってます。体重も戻り、ベッドを離れるでしょう、あなたは回復した彼をご覧になるでしょう。でも、もし私が発ったら、もしあなたが私を発たせてしまったら、もしこの後……」

「止めてください」マルティネッリは内にこもった声で言った。「あなたはお上手だ。しかし……」

〝それでも、お前は震えてるぞ〟ダリオは思った。〝噛みつかなきゃ相手に打撃は与えん、まだこの手が残ってるぞ——希望でこいつを捕まえてやる！〟

「お別れですな、マルティネッリさん」

「待ってください、まったく、あなたという人は……」

この瞬間から、ダリオは自分が落ち着くのを感じた——望んだものは手に入るだろう。もう一度、未来と結ばれるだろう。一年の間、状況は同じように厳しいだろう。だが、差し当たり、彼は勝った。一万フランが手に入る。

マルティネッリは彼を翌年三月三十一日日付けの小切手にサインさせた。一年以内にダリオが払わなければ、不渡り小切手の振り出しで起訴されるだろう。だがついぞその日暮らししかしてこなかった者は、先の用心も、金持ちの美徳も、幸福な者の美徳も知らない。ダリオはサインした。

6　賭博狂、ワルド

夜の終わり、賭博が終わろうとする瞬間、フィリップ・ワルドの眼には最良の瞬間だった。最後の勝負の間、勝ち負けは、投じられる金額の莫大さそのもののせいで、金銭欲、絶望、あるいは羨望をかき立てるのを止め、現実に存在しなくなる。体はもう空腹も疲労も感じない。心は不安から解放される。幸福がやって来る。

張りつめた耐久力がぎりぎりの限界に達すると、賭け手が賭け、同時に、超然と、深く心静かに、賭ける自分を眺める凪（なぎ）の領域ができる。ワルドは自分の凪を意識した。彼は自分がどっしりした蒼ざめてきれいな顔をすくっと掲げ、俯かず、戦意を失わず、女のようなぽってりした小さな手は震えずにカードをめくるのが分かっていた。

その大胆、勇気、不撓不屈によって彼は君臨した。冒険の愉しみ――卑俗な楽しみ、凡庸な心の養分はとっくに超越していた。彼にとって冒険はなかった。自分が幸運な道を通り抜けることが分かっていた。自分が勝つことが分かっていた。実際、打つ手打つ手がついていた。明け方はいつもこんな風だった。希望も力もなくした賭け手たちの無様な群れが散っていき、他の人間たちよりも長く持ちこたえ、おためごかしの忠告も、用心深く臆病な呼びかけも無視した彼が結局自分の報酬を手にしていた。（彼の公証人、妻、医師は何と言ったか？〝身を亡ぼしますよ、自殺行為ですよ！〟ふん、あいつらには言わせておけ！）人間が自分の力を測り、何者にも負けないと感じる超人的な瞬間、彼を止めるものは何もあるまい。カードは彼に従った。彼の心臓は子どもの心臓と同じくらい規則正しく、平静に鼓動した。夢遊病者が屋根の縁でも感じられる安心感で、彼は勝負を追い、盲目的なつきが彼を助けた。もう一時間！　あと一瞬！　彼はもう肉体も、重力も、人間の熱も持たなかった。空中だって飛べただろう。水面に留まっていられただろう。手にしたカードを見る前に、指に挟む前に見抜いた。正面の執拗な明かり、白いむき出しのランプで目が痛むのだけが気に障った。じりじりして体を動かした。そして深淵の淵でびくっとしてとどまる夢遊病者のように、我に返った。急に、周囲で最後の賭け手がカードを投げ出し、カーテンが開き、停泊地の上に開ける湾から朝の光が射し込むのが見えた。

終わっていた。夜はとっくに終わっていた。怯え、戸惑い、震える彼の魂は、ぐったりと疲れ、汗にまみれ、死ぬほど喉が渇いた肉体を元に戻し、彼はまぐれ当たりの前に失った全ての金を思い出した。それは彼を苦しめた――このたがの外れた賭博師は、通常の生活では、彼の会社の労働者たちが言う通り〝けちん坊〟だった。モーターの大製造業者、フィリップ・ワルドにとって、賭博は宣伝上の必要であり同時に抑えがたい習慣だった。彼と彼が何時間か身内に宿らせ、今はひ弱で文無しの彼を残して立ち去った半神の間に共通するものは何もなかった。自由な荒々しい精神は彼から逃亡していた。首筋のいつもの痛み、腰の激痛と疲労、四十年アルコールと煙草で痛めつけた口の苦さを感じた。

それでも、彼は稼いだ金をかき集め、自分のポケットに入れた。一部をスポルティングの従業員にくれてやりながら。彼がカジノの階段を下りると、賭博台の係員、ボーイたち、モンテカルロの娼婦たちの声が周囲で聞き慣れたコーラスを作った。

「この人は凄い……なんと動じない……なんでこんなふうしていられるんだ？　昨日は見たか？　今日は思う存分勝ったが、昨日は負けてたんだ。なんて冷静に持ちこたえるんだ……なんて財力だ……誰も敵わない。とにかくこの人は当代フランスで指折りの実業家だよ」

彼はそれを聞き、微かな称讃の煙を改めて心地良く吸い込んだ。疲れた時——疲れは彼の場合体だけではなく、魂そのものにまで流れ込むようだった——讃辞だけが彼の気を晴らした。称讃の言葉は彼にとって支えであり、保証であり、見せかけの世界の中で唯一の現実だった。

ナイトドレスを着て、化粧が顔に流れだした娘が、彼の後からカジノを出て、この晩最後の流し目を投げながら傍らを通った——挑発的に、最後の期待を込めて。がっかりした釣り人がもう土手に立って、立ち去る準備をしながら〝分かるもんか？〟と思い、もう一度川に釣り針を投げ入れるように。——彼女は小声で言った。笑いは厚かましく声は慎ましく。

「お見事ね！」

彼は一層ふんぞり返り、重苦しくも上品な輪郭をした顔を後ろに反らせた。アスリートの体格と筋肉を持ち、額とこめかみに三ヶ所分け目がある濃くて黒い髪、恐ろしく威圧的な口、薄く引き締まった唇をしていたが、顔色は蒼白で、目の下に青いたるみがあった。視線は決して誰かに定まらず、絶えず不安に探るようにせかせかと滑って背けられた。左の瞼は絶え間なくちょっとぴくぴく動いていた。

彼は娘に着いて来るように合図し、ホテルに帰るために通りを横切った。正式の住いはカンヌからいくらか離れた邸宅、ラ・カラヴェルだったが、妻子だけがそこで暮らし、彼自身はモンテカルロのホテルのアパルトマンに住み、カジノに行く以外そこを離れなかった。

スポルティングから最後の客たち、年取った守衛が立ち去った。しがない娼婦たち、花売りたち、クラブのボーイたちのくたびれた一群がようやく散り散りになり、当然の休息を取りに行く時間だった。軽い荷車に乗った子どもたち、買い物籠の蓋に瑞々しいすみれの花束を載せた主婦たちが見えた。風と光にワルドの目が痛んだ。彼はよろめいた。ホテルの石段を上りながら、一歩ごとに膝が抜け、自分の重さで砕けそうな気がした。女と一緒に入った。

家では、鎧戸が閉じられ、ずっしりしたカーテンが引かれていた。静寂のゾーンがホテルのいくつかのアパルトマンを囲み、客たちの貴重な眠り、一日の最後の時間にまで及ぶ眠りを守っていた。テーブルの上に、妻からの電話を知らせるメッセージがあった。だが彼は返答しないだろう。それは彼女の習慣だった。

彼は稼いだ金をしまい、自分を待つ娘の方に戻った。彼女は満足していた――ワルドをひっかけたのは幸運だった。仕事をちゃんとやるのが好きな小柄な女だった。〝この人、元は取るわよ〟

素晴らしい心づもりを持ち、密かな満足感とともに彼女は思った。――「それでも気をつけなさいよ、金持ちほどけちなんだから」、彼女の母はしょっちゅう彼女にそう言っていた。

だが彼は大したことを求めなかった。間もなく彼女は眠った。一人で。

ワルドはしかし、この晩、パリとカンヌの家では逃（のが）してしまう睡眠を強く期待していた。ここでは、賭博の後、時折、一番思いがけない時、諦めて不眠に甘んじている時、また〝わしは寝ていない、眠れまい〟と思っている時、ひんやりした空っぽの暗闇の中に沈んで、真っ直ぐ流れ込んだり、死にそうになって、眠れたことにひどく驚いて、やっと光の中に戻ったりすることがあった。

彼は深々とため息をつき、枕にしがみついて、腕一杯に抱きしめた。友だちに身を寄せるように、乳母の腕の中の子どものように、冷たい布地でも一番ひんやりした場所を探しながら、そこを手でしわくちゃにしながら、額と頬をそこに押しつけながら、瞼をきつく閉じながら、奇跡の到来を我慢強く待ち、期待しながら。

だが眠れなかった。

彼は体を横に回し、手探りで冷えたペリエの瓶を持ち上げ、自分で注いだ。いつでも枕元に炭酸水の瓶が用意してあった。喉が絶えず焼けつくようだった。彼は飲んで、枕を床に放り投げ、大枕の上に頭を水平に横たえた。半分裸で、子どもの頃のように胸の上で両手を組んだ。彼にとって悪しき思い出、子どもの頃の思い出……生まれたダンケルクの暗い家、窓ガラスを叩く雨音、父親に無理やり寝かされた冷え込んで天井の高い部屋……彼はベルギー出身のノールの工場経営者の父と、同郷人に着いて行くために夫を捨てたポーランド人の母の息子だった。その情人はダンケルクを巡業で通った小さな地方劇団の楽師だった。裏切られた夫は罪のない子どもを身代わりにして、罪を犯した連れ合いを追い回し、厳しく懲らしめた。だだっ広く、暗い田舎の部屋で、身動きする度にきしみ、呻く大きなベッドの中で、ワルドは孤独の恐ろしさ、夜の間、自分の側に生きた存在を持ちたいという欲求を知った。誰だっていい、女でも犬でも、ただその存在、体、息が突然自分にとって厭（いと）わしくなった時、起こして外に放り出せる者ならば。

　彼女は眠っていた。彼が街で拾い、側で寝ている女。彼の隣で彼女は一個の石のように、ずっしりして動かなかった。

　彼は同じように、強いて絶対動くまいとした。眠った、眠るさ。穏やかな深い水のように眠りが流れ、血管に浸透し、自分の内部に出来上がった恐怖、怒り、不安の硬い核を溶かすような気がした。微笑んだ。もう心の中を、混乱したイメージがかすめ通った――賭博場の緑の絨毯、大きくなったり、遠くに消えたりする光、自分の方に俯（うつむ）く蒼ざめた面々。彼は順々にそれらを眺めたが、誰だか分からず、思った。〝おお、わしは寝ている。見えるのは知らない奴らだから、これは確かに記憶じゃなく、幻想、夢なんだ……〟

　そして突然、誰かに肩を押されたように目を覚ました。居住まいを正し、ベッドの上に坐って、明かりをつけ、傍らに小銭、ライター、ハンカチ、鍵と一緒に投げ出した腕時計を見た。数分、多くとも五、六分しか寝ていなかった。一瞬、腕時計が止まっていると期待したが、違った！眠りは逃げ去って、戻らなかった。まだ数秒動かずにいた。なんと速く心臓が打つんだ！速い鼓動を聞いて思った。

〝だめだ！　だめだ！　こりゃ無理だ！　こんな苦しさには長く耐えられん……この不眠は……わしは死んでしまう……〟

しかし死を思うのは恐ろしかった。死を思うのは死そのものよりも恐ろしかった。

彼はやにわに毛布を投げ捨てて起き上がった。洗面室に行き、裸の上半身と顔を冷水で濡らした。歩きながらランプを全部着け、一つ一つの鏡の中で、誰も知らない、疲労と孤独が作った顔をやり切れない思いで眺めた。この怯えた目、この震える口、これがワルド、美しいワルドなのか？

並み外れて強壮な体質を自慢するのは容易かった。部下たちに「いいか、もう眠りが何なのかわしには分からん。これ以上悪くはならん。お前らが寝ている時、わしは働くぞ」と言うのは容易かった。

この晩もまた、気力を振り絞り、彼は思った。

〝眠れないんだから、働いてやる〟

彼は書類を取って、自分の部屋の隣の小さな客間にあるおかしな婦人用デスクの前に坐り、二ページ程書き込みをしたが、それから落としてしまった。ああ！　仕事は無理だ。読んでいるページに考えを集中できなかった。考えは逸れ、彼から離れ、ワルドの超人的な努力もお構いなしに、既に千回も通った道を独自に駆け巡った。不眠は彼の中に苦悶の状態を引き起こした。それは初めは奇妙な不安を通して、暗い気分を通して、それから存在に侵入して震えるまま身を守る術もなく置き去りにする心の騒めきを通して、それから恐怖を通して現れた。彼は何を恐れたのか？　不安で息が詰まった。目が痛む時は、網膜の中の充血、視力の衰え、障害、失明を想像した。熱心に想像する余り、目の前で照明が二重になり、揺れて、ぼやけた。彼は瞼を手で擦った。

〝これは本当じゃない。そんなことはあり得ん！　なんでわしは恐れる？　あり得んぞ！　天井が半開きになって、壁が自分の上に崩れるのを見るのが怖いなんてどうかしている〟彼はとうとうゆっくりと鏡の方を振り向いた。何が見えるんだ？　きっと、血を含んで腫れた目、そこから血が涙のように流れる？　いや、違う！　何でもない！　それは不眠と賭博場の厚い煙で炎症を起こしていた。鏡の中で、恐怖に見開かれた、しかし元のままの目を彼は見た。

しばらくして、あの煙は目ばかりか、肺も蝕（むしば）んだと思った。胸苦しかった。階段を上りながらぜいぜい息をした。かつては競走で無敵だった彼が！　彼は体を壊していた。心臓を病んでいた。心身をすり減らしていた。あと一年、あと六、七ヶ月で病気になる。それでわしは……だがそこで彼の思いは逸れ、慄（おのの）いた馬のように棒立ちになった。死の恐怖は彼が世界で最も恐れるものに開かれた扉だった――純粋で原因のない恐れ、未知の脅迫感、それに対して息を詰まらせた裸の魂は絶望的な空しい努力、暴力、狂気の振舞い、絶叫、殺戮によって自分を守るしかない……彼は部屋の外に飛び出し、窓を開けた。素晴らしい天気だった。それが彼を救った。夜、静寂、深い闇に彼は耐えられなかっただろう。正午の光の中で、全てがなんと美しく、親し気だったか。停泊地から吹き寄せる風は彼を鎮（しず）めた。今は、終わった、危機は去った。鎧戸を閉め、カーテンを引いて、眠りに行った。

寝室に戻り、ベッドに身を投げた。だがもう遅すぎた。魂を悪魔に譲り渡していた。悪魔どもは不眠を利用して彼の中に侵入していた。彼のことを嗤（わら）い合った。ボールのように彼を互いに投げ合った。苦悶から破壊的な激しい苛立ちへと突き落とした。彼は身を護る術もなく、一人で、漂流した。子どもだった彼は、夜中に目を覚ました。少しづつ、パニックが昂（こう）じ、狂った訴え、荒々しい叫びで自分を解き放つしかなくなった。そんな時、父が自分を殴りに来ることを知っていた彼は泣き喚いた。

彼はまた飲みたくなったが、瓶は空だった。テーブル上のアイスペールに用意されていたもう一本を掴み、栓を天井に飛ばした。物音で女が目を覚まし、彼に語りかけた。彼は何も答えなかった。その時、彼女は伸びをして微笑んだ。その嬉しそうで、満ち足りた動作……彼は羨望の余り泣きそうになった。彼女の隣に身を横たえた。ああ！　寝て、意識を失くして、うとうとする、それがほんの僅かな瞬間でしかなかった！　魂の外に飛び出す準備のできた野獣を抑え込むんだ！　彼は自分の中にほとんど狂った暗い怒りが、恐ろしい力でこみ上げるのを感じた。

女は彼に背を向け、また眠っていた。呼吸にむらがあり、早く、激しく、時折治っていない気管支炎の鈍い呻き声を伴った。聴覚を総動員して、ワルドはその微かなあえぎを聞き取った。それを待ち、嘲笑で際立たせ、聞き、またしても待ち、憎しみを込めて囁いた——〝売女(ばいた)め！〟

彼が彼女を起こし、ベッドから放り出したのはその時だった。彼女は叫んだ。

「一体どうしたの？　あんた病気？」

「失せろ！」

「何ですって？　でも私、何も言ってないわ！　犬じゃないのよ！　失せろ！　失せろですって！　私、何もやってないわ……お金か何かとった訳じゃあるまいし……第一、あんた、私に払ってないじゃないの！」

彼女は急いで服を着た。黒い蝶を刺繍したピンクの絹の短いシャツを着て、背中と肩に吸い玉の痕があった。彼はけたたましく笑って、彼女の方に一歩進んだ。その顔はびんたをよけようとする子どものように女が頬の前に肘を当てるほど恐ろしかった。女が怯えるのを見て、彼は満足した。心臓が更に自由に鼓動した。

「さっさとしろ！　さっさと！」

彼女をもっと怖がらせて彼は楽しんだ。彼女の足に衣類を投げつけた。嫌な奴だ、この娘は、くたびれた貧弱な体をしゃがって。こいつがわしのベッドで寝たんだ。彼女は彼に嫌悪を催させた。

〝女を泊めるのはこれが最後だ〟彼はそう思った。

だが一人でいるのが恐ろしいことはよく分かっていた。

彼は彼女に金を投げた。彼女はそれを拾った。もう彼は何も言わなかった。突然、彼女が罵声を浴びせた。彼は空き瓶を掴むと、彼女の顔に投げつけた。

それから彼は半ば失神状態に陥った。実際そうだったし、そのふりもしていた。時折、聞こえたし見えた。女の悲鳴も聞き取った。ホテルの支配人と、いくらか遅れて、アンジュ・マルティネッリの推薦で呼ばれたダリオが自分の部屋に入って来るのが見えた。手厚く看護されているのは分かったが、それ以外の時、耳に鐘の音が鳴り響いた。周囲の全てが姿を消した。自分の存在の奥底に、鈍くリズムのある音だけが残り、彼はそれを茫然と聞いた。酷使された自分自身の心臓がそんなふうに打っていると分かる瞬間まで。

彼は我に返った。ダリオと二人きりだった。彼は思った。

〝誰がおかしなことを考えやがった？　こんな見ず知らずのしがない医者を探すとは。顔も訛りもよそ者だし、身なりは悪いし、髭もろくに剃ってない外人野郎だ〟

彼は手荒くダリオを押しのけた。

「もう大丈夫だ……何にもいらん。頼むぞ、出て行け！」

だがダリオは言った――すると突然、ワルドには彼がそれほど馬鹿には見えなくなった。

「これが初めてじゃありませんね、違いますか？」

軽い慄きがワルドの顔をかすめた。彼は答えなかった。

ダリオは彼を見つめながら呟いた。

「罪で代償を支払っても高過ぎない解放感ですか？」

「先生……」

ダリオは彼の方に身を屈め、その告白を聞き、彼を導き、救う用意をした。

「何をするんだ？　先生」

だがその時、ダリオは怖くなった。この男は金持ち過ぎる。彼、ダリオは怪我をした娘を治療し、割れたグラスのかけらを手でいっぱい拾ってかなり深く切ってしまったワルドの手当をするために呼ばれていた。勿論彼はワルドのかかりつけ医師ではなかった。誰か医学界の大物の気分を害し、対抗することを彼は恐れ、ためらった。

「神経症の専門医に相談されたことは一度もないのですか？」彼は尋ねた。

ワルドは答えなかった。ダリオは目を逸らしていた。

「あなたといた人は重傷ではありません」

「分かってる。あの女を叩いた時、目にも喉にも触れないように気をつけたんだ」

「あなたのかかりつけの医師は何と言っていますか？」ダリオは尋ねた。

ワルドは素っ気ない声で答えた。

「あいつは言うんだ――〝遊ぶな。煙草を吸うな。清浄に、我慢強く、節制せよ〟ある馬鹿は私に田舎に引っ込んで、庭を耕せなんて忠告してくれたよ。そんなことを聞き入れたら、心も体も別人になっちまう。あんな連中はいらんな」

「それでも、ムッシュー、心にも体にも危険な不規則な暮らしか、充分に満たされた人生か選ばなくてはなりません。しかし……」

ワルドは疲れてうんざりした顔を背けた。こう言わんばかりに。

〝そんなことは全部聞いたぞ。全てが古くて、繰り返しで、何より役に立たん、役に立たんのだ……〟

「いくらだ？　先生」彼は声を上げて言った。立ち去るダリオに彼は支払った。

7　幻の女たち

ダリオは、マルティネッリに金を借りて以来、彼の支援を受けていた。給仕長は自分の客の何人かに彼を推薦したばかりか、さらに金になる人たちを教えてくれた。

夕暮れ時、ダリオはメッセナ広場のバーに陣取りに行った。そこでは何フラン、一杯のワイン、一箱の煙草で、ニースのホテルのボーイたちが進んで彼に近所の施設で起こっている事件や喧嘩沙汰を知らせてくれた。そこにはマルティネッリのメッセージがあった。

〝この時間、この部屋、この客〟

彼はそこでモンテカルロに向かった。女たちが夕食をとる前に入浴し休息するために家に帰る時間だった。そして突然、彼女たちは年をとり、鈍（なま）って、くたびれた自分を感じる。医師はマッサージ師や理容師と同じ資格で行くことが出来る。彼は歓迎されるだろう。無害な水薬をコップに何滴か、彼女たちはそれ以上は必要ないと思っている。夜は快適になるだろう。不眠もない、夢も見ない、追憶もない。他の女たちは、年齢が消え、昔と同じように血がさらさら流れ、二十歳の食欲ときれいな息を取り戻し、自分たちの人生（後悔、借金、金、心配事、愛人たち、子どもたち……）を忘れることを期待する。

ダリオは〝体を大切にしなくてはいけませんよ、あなたはもう若くないんです、誰しも年はとるもんです〟などと言う鈍（どん）な男ではなかった。

その他にも、若くて、幸福で、満たされた女たちが、頬の軽いシミのために、出だしたと思ったちょっとした皺のために、何でもないことのために、安心するために、三、四回立て続けに彼を来させた。

〝異様だな〟大人しく黒ビールを飲みながらダリオは思った。〝安心させてもらいたがる人間の数を考えると異様だ！　ある者は言う――「母は肺結核で死にました、先生……どうでしょう……」もう一人は――「胸のこのおできは、ひょっとして？……私を安心させてくださいよ、先生」明らかに、あいつらは人生に執着している。あいつらには人生が心地いい。で、大半は、人生もしっかりあいつらをつかまえてる。あいつらは長生きするだろう。だが体が丈夫で毎日オイルを入れて磨かれる上質な機械だとしたって、あいつらの魂は病んでるぞ。高名な医師が脅かすのか。そいつが恐ろしい幽霊に肉体を与えるのか。ワルドに言ったように言うのか——〝女はよせ、賭博はよせ、薬はよせ〟何になるんだ？ あいつらは諦める話なんか聞きたがっちゃいない。堪能する話を聞きたいんだ。長生きはしたい、だが快楽のかけらだって犠牲にしたくないんだ。そこであいつらは異邦のしがない藪医者を呼ぶ、そいつは鎮痛剤、〝解毒剤〟を与えて、一晩の心の平穏をくれてやるんだ、百フラン札一枚と引き換えにな〟

だがダリオは金を手にして以来、患者や明日のパンのことばかりを考えてはいなかった。彼は落ち着き、一息ついていた。三週間前から、クララと赤ん坊は自宅にいた。将軍夫人には払っていた。ああ！ 今回、彼は金を片方の手でくれてやり、痛むもう片方の手で受け取った！……バーのテラスに腰かけて、ビールのグラスを前に、見たところ慎ましく地味だったが、それでも彼は自信を持ち始めていた。女たちを眺めた。だがアーケードの下で待ち、うろつき回る娼婦たち（その一人は白いサテンの上着を着て、扉の陰から出て来て、彼に微笑みかけ、サインを送ったが無駄だった）でも、浜辺の砂利の上で朝まで一緒にいられる花売り娘でもなかった。違うぜ！ 彼はそういう女たちには滅多に欲望を感じず、追いかけたこともなかった。エレガントな女たちをうっとり眺めた。夫や恋人と一緒に美しい車から降り、一瞥もくれず通り過ぎるのが見えた。子どもの頃暮らしていたクリミアの小さな街で、将校や金持ちの商人の妻たちが時折港を横切った。彼は彼女たちの通り道にいて、薄暗く狭い小道を、モスクの前の誰もいない広場まで追いかけて走るのが好きだった。そこで彼女たちは突然尊大な自信を失い、遂に不安げに彼を見下ろし、ハンドバッグを自分の胸に押しつけると、スカートをからげて、足取りを速めた。だが彼は他のがきどもがやるように彼女たちを罵ったり、嘲笑ったりしなかった。彼女たちの足跡に従って、黙って、できるだけ長い間歩いた。何人かは美しかった。彼女たちの香水をつけたドレスは空気の中にとても甘い香りを漂わせた……彼女たちを怖がらせたくなかった。後になって、彼女たちの侮蔑的な雰囲気、心をひどくなまめかしく苛む、冷たく無関心な眼差しのせいで彼女たちが好きだったことが分かった。

生暖かい夜、メッセナ広場で女たちをうっとり眺めながら彼はため息をついた。路面電車が耳障りな音を立てた。小規模な巡回オーケストラがセレナーデを演奏しながら通った。未知の女たち、その美しい顔が彼の夢を満たした。体ときれいな化粧と同じように、その物腰や言葉にも教養があり、繊細で、洗練された彼女たちを想像した。彼が毎日会って診療する女たちは下品で、それに較べれば慎ましいクララが女王のように思われた。だが美しく金持ちの女に近づくと、思わず、彼の心はときめいた。その度に、彼は失望した。

8　シルヴィとの出会い

ニースを襲った銀色の土砂降りの雨のせいで、ダリオは見つけていたテラスを追われた。腰かけた小さなバーの中で、ダリオは一人の女性と一緒に入って来るワルドを見た。

彼はためらった。ワルドだと認めて、挨拶する必要があるか？　だがワルドが手を差し出しながら、彼の方に来るのが見えた。ほぼ真っ赤な顔色、落ち着きなく光る目つきで、すぐにワルドが酔っていることが分かった。

「先生、ここで何をしてるんだ？　誰も同じだなあ！　皆、節制、ご立派な暮らしを説く、それで当の本人ときたら……」

彼は音節をはっきり分けて、強い声で話した。おそらく自分の唇を通ると言葉が歪んでしまうのを恐れて。いつも通り、虚勢の仮面の下に心の不安を隠していた。

「元気そうだね……先生……？」

名前を探したが見つからなかった。

「すまん！　名前を憶えないんでね……もっとも顔もだが、でもあんたの顔は強烈だ。明らかにレヴァントタイプだ……あんたなら千人の中からでも分かるね……」

彼はいきなりけたたましく笑ってダリオの肩を叩いた。

「あんたはよく世話してくれたよ、先生、あの馬鹿な事故の後に。一杯やろう」

二人は肘を触れ合ってカウンターに着いた。その間ワルドと一緒に入って来た女性は、二人に着いて来ず、奥に用意されたテーブルまで部屋を真っ直ぐに横切った。素晴らしいプロヴァンス料理で名高いこのバーはここ数週間、人気の場所になっていた。だがダリオはそれを知らなかった。

彼は女性を見た。彼女は彼の側を通った。彼は尋ねた。

「あのご夫人は……ワルド夫人ですか?」

「そうだ」

誰もが彼女を見て背後でその名を囁いた。彼女には注目を浴びる女たちの偽りの無関心さがなかった。そんな女たちは船首が海水を押し分けて進むように人混みを横切るように見える。だがその無視は人気か称讃をあおるために装い、演じられる。彼女は人が自分に投げる視線を意識してはいたが、明らかに平静に、完全に率直にそれを受け容れた。挨拶されると一、二度頭を下げて答え、微笑んだ。だが他の女たちが顔は冷ややかでも目は讃辞をせがんでいるのに対し、彼女は人々に近くて同時に遠く、人間的で同時に人を寄せつけない密かな夢想に耽っているように見えた。

黙ったまま、ダリオは彼女をまじまじと見た。彼女は極度に背筋を伸ばしていた。黒いドレスを着て、帽子は被っていなかった。宝石は着けず、指輪の石だけが光り輝いていた。

ワルドと彼女はカジノから出て来た。真夜中近かった。

「まだ夕食をとってないんだ」ワルドは言った。「夜しか腹が減らんのでね。ここの料理は知ってるか？　知らない？　あんた、ここのプロヴァンス料理は絶品だぞ。うまい料理はお好きだろ？　飲むのも好きじゃない？　じゃあこの世で一体何をやるってんだ、先生は？　だがね、あんたはこういうのが全部好きに違いないんだ……」

「どうしてそう思われるんです？」

「あんたの口には皺がある。地上のいいことが何でも好きな人の悲しくも飢えた皺だよ」

もう一度、彼は笑った。

「わしらと一緒に食おう。あんたを招待するよ」

「いや結構です、腹は減っていません。ありがたいお誘いですが」ダリオは言った。

彼は受け容れたくてたまらなかった。たまらなくそうしたく、たまらなく怖かった。これまで一度として、ワルド夫人のような女性には近づいたことがなかった。一度として彼女と似た女性と話したことがなかった。それでどうやって彼女に挨拶すれば？　どんな風に食事したら？　彼女の側でどう振舞えば？　彼の魂が丸ごと囁いた——〝俺は柄じゃない〟

「まあいいじゃないか、来いよ」

彼はダリオに目もやらず、立ち上がって妻の隣に坐りに行った。ダリオは彼に着いて行った。

ワルドは紹介の言葉を二言三言口にした、というより吐き捨てた。やっとダリオの名前を思い出していた。ダリオは二人の正面に坐った。ワルド夫人を見つめるあまり、食べることを忘れた。彼女が美しいことが、分からなかった。悲しげでほとんど厳しい唇に、稀な仕草に、額の上でカールした束にもう銀色が混じる黒い髪の毛にこれほど魅かれるのに驚くほど、彼はこれまでひどく違う女たちに感心していた。三十歳にはなるはずだが、死んだ蝶のように、ガラスの向こうの安全な場所に人生が退いた女たちの保護された美しさではなかった。ワルド夫人の顔は時と悲しみの移ろいに耐えていた。肌はダリオが慣れた磁器のような滑らかな均一性を持っていなかった。目と唇の端に最初の皺があった。ほとんど化粧していない肌は青白く、透き通るようだった。ごてごて化粧した他の女たちは、彼女の傍らでは、塗りたくった野蛮な偶像の輝きだった。彼女の顔立ちは完璧だった。

9　禁断の薬物

数週間後、それ以降ワルド夫妻に会っていなかったダリオは、ラ・カラヴェルに呼ばれた。

「財産ができるわね、あなた」クララは夫にキスしながらその耳に嬉しそうに囁いた。

だがダリオは深刻な病状のワルドを見るとは予想していなかった。（ふさぎの虫か気まぐれか……）

彼はラ・カラヴェルを知っていた。遠くからその地所を見て、感嘆していた。高台に立った邸宅は、海上に船首の形で突き出していた――その名はそこから来ていた。（訳注：カラヴェル船は十五、六世紀の快速帆船）これほど豪華で堂々たる邸宅を、ダリオは一度も見たことがなかった。だがこの日は、テラスと庭園の穏やかな眺めが彼を感動させた。太陽に照らされた大理石と石材は暖かく優しい黄色の色調をしていた。それは心を和ませた。

ダリオはすぐワルド邸に通された。ワルドはベッドの上に坐っていた。ちょっと前屈みになり、クッションで体を支えていた。息を切らしていた。時々しゃがれて震えるため息をつきながら、脇腹に手を当てた。

ダリオに側に寄るように合図した。

「あんたを見つけるのはえらく大変だね、先生」ダリオの挨拶にろくに答えず彼は言った。「しかしわしが望んだのはあんただ。他のもんじゃあない」

「私は電話を持ちませんもので」ダリオは呟いた。

彼は自分の手に病人の手を取って、しばらくそのままにしていた――熱が上がっていた。ワルドが彼を見上げた。

「汽車で風邪を引いてな」途切れがちな小さな声で彼は言った。「今朝着いた。中欧を旅したんだ。もう昨日パリで、具合が悪くて、疲れて、だが今夜は……」

「悪寒から始まりましたか？」ダリオは尋ねた。

「そうだ」

それを思い出してワルドはまた身を震わせ、急に胸の上で両手を組んだ。

「とにかく分かってくれ、先生、わしは明日、回復していなきゃならん」

「それについてはこれからお話ししましょう」

「あさって何が起こるか、そいつは考えない、考えたくもない。明日の晩の前に、二十四時間以内に、立ち直らなきゃいかんのだ」

「もしそれが可能ならば……」

「可能だろうとなかろうと、そうでなきゃならんのだ！」

「まず聴診させてください」病人のうわ言と思ったことには答えず、ダリオは頼んだ。

ワルドは無毛で青白く、栄養のいい体を彼に委ねた。ダリオは非常に慎重に聴診し、肺炎だと分かった。ワルドが胸の上で絹のパジャマのボタンを留めるのを手伝いながら彼は言った。

「親愛なるムッシュー、あなたが明日起き上がるのは不可能だと私は思います」

「だがそうしなきゃならんのだ！」出し抜けにワルドは叫んだ。

「深刻な併発症のおそれがあります」

「何なんだ、わしは？」

ダリオがためらっているのを見て、彼は苛立ってベッドの縁を手で叩きつけた。

「何なんだ、わしは？」彼は繰り返し尋ねた。

「おそらく申し上げた方がいいでしょうね。これ以上ひどい無茶をなさらないために」

望んだよりすげなく彼は言った。

「仕方ない！　これは肺炎です。完治しますよ、私はそう確信します、でも起き上がったら、危険は計り知れない、肺の膿瘍から心臓の衰弱まで」

「別の言い方をすれば、死か？」

「死、そうです」

「死んだって構わん、先生。わしは不幸だ。周りの人間たちも不幸にしてしまう。終わりが早けりゃ早いほどいいんだ、わしにとっても、それから……だが、明日は起きて、賭けに行かなくちゃならん。今夜はあんたの言うことを聞こう。だが明日は……つきを感じるんだ。分かるかね、そいつが人生を横切ったら、何が何でも掴まなきゃいかんのだ。なにせそいつがいつかまた来ると誰が言える？　大切なのはそれなんだ……他のことなんぞ……」

彼は嗄(しゃが)れたとても小さな声でとても早口でしゃべった。時折、意識を失ったように見えたが、それから我に返った。

ダリオは肩をすくめた。

「あなたはご自分のおっしゃることが分かっておられない、ムッシュー、お許しください。あなたの病気を一言で、一息でとり除くことは、私にはできません。私は奇跡は起こせません」

「わしに二十四時間分の薬物をよこせと頼んでいるんだ」

「どうやって？」

「あんたの同業者の一人、あんたのようなよそ者だが、十年前に、それをやってくれたことがある。今度みたいに馬鹿な……それでも深刻な病気にかかってな。そいつは注射を打ってくれた、ストリキニーネだかカフェインだか、分からんが。それがあんたの仕事だ、馬に薬物を与えるようなもんさ。翌日、わしは回復したぞ」

「でも翌々日は？」

「もう覚えていないな」ワルドは目を閉じながら呟いた。「だがわしは死んじゃいない、ご覧の通りだ」

「それは十年前ですね」ダリオは穏やかに言った。「だいたい、私の務めは……」

「黙れ、いいか！」ワルドは苦しそうなしゃがれ声で怒鳴った。「あんたを来させたのは、どんな奴だか分かっていたからだ！　わしはエリナー・ムーラヴィネを知っているんだ。知らなかった？　じゃあ、あいつがわしの女だと知らんのか？」

ダリオは何も答えなかった。

「払うぞ、先生。必要なもんは払う。あんたにとっちゃリスクだ、そりゃ分かってる、だが、エリナーの中絶だってリスクだったな。この世じゃ何にもしなきゃ何にも得られんのだ、先生」

「それは不可能です」ダリオは呟いた。

「ほら！　もう口調が変わってるぞ」

「いや、いや、それは不可能です！」ダリオは一段と強く繰り返した。猛烈に首を振りながら。

だが内心こう思った。

〝一本の注射だ、何だっていいか、俺も気に入り、ひとまずこいつを落ち着かせ、明日起き上がって狂気を満足させに行く希望を持たせる程度の無害なやつなら。こいつは俺の望み通り払うだろう、で明日……明日、クララとダニエルと俺は出発することだってできる、それにマルティネッリにも払ってやる〟

彼は小声で言った、ほとんど思いがけず。

「誘惑しないでくれ……」

ワルドは目を閉じ、口ごもりながら言った。

「わしに薬をくれなきゃいかんぞ、先生……二十四時間だけだ……だが、それが、わしにはそれが必要なんだ……」

「でもなんであなたに私が必要なんだ？」ダリオは叫んだ「なんでだ？　もしあなたが死にたいんなら、起き上がって、カジノに自分を引きずって行けばいい、悪魔があなたを助けてくれますよ！　なんでこの私があなたの死を気に病まなきゃいかんのです？」

彼は出し抜けに帽子と入った時ベッドの上に放り投げた診療鞄を掴んで逃げ出した。この誘惑に長くは耐えられない、とはっきり感じながら。階段を駆け下り、しばらくがらんとした回廊をうろうろした。それから扉を開けた使用人が目に入った。

「ワルド夫人にお話ししなければなりません」彼は言った。「ご主人は非常に具合が悪いんです」

使用人は彼に待つように頼んだ。ダリオはテラスを囲む大理石の手摺に腰かけた。夕立の後の五月の暑い夕暮れ時だった。庭園には素晴らしい松の老木が植えられ、空気は湿って香しかった。ダリオは額を拭い、不安に駆られてワルドの窓を眺めた。ともかく、ワルドは死の危機に瀕していた……あんな賭博とアルコールに蝕まれた体じゃ病に屈するかも知れん。〝もしかして可能なのか？……〟いや、駄目だ！　駄目だ！　ここまで、彼は悪事は一つしか犯していなかった、あのエリナーとの違法行為、犯罪、だが必要に迫られていたし、飢え死にしそうだった……今日は同じ彼ではなかった！　〝もしそんな道をとったら〟彼は思った。〝俺はお終いだ、何にも抑えが利かなくなるぞ〟

シルヴィ・ワルドが邸宅から出て、テラスを足早に横切るのが見えた。白いドレスを着ていた。顔は不安そうで蒼ざめていた。だがダリオが既に彼女の側で感じた不思議な安らぎがもう一度彼を捕えた。彼女がひんやりした柔らかい手で熱い額に触ったように。

動揺が彼から去った。彼は充分正確にワルドとのやり取りを語った。

「もう一度彼の側に上りましょ」彼が話しを終えるとワルド夫人は言った。

「奥様、あなた怖くありませんか？……あなたにあの人のお世話はできませんよ。あの人はとても弱い、でも周囲には極度に手強くなります。何をするか分かりません。あなたをお助けする付き添い人を送らせてください」

「考えてみますわ。とりあえず必要な手当てを私に教えてください。とにかく、彼を一人にしておいちゃいけないわ」

二人はワルドの部屋に入った。彼は長い呻きで途切れる、浅く不安な眠りに就いていた。ダリオは必要なことを書き止め、それからおずおずと言った。

「あなたをこの人と二人切りにしておきたくありません、奥様。この人が目を覚ましてあなたに怒りをぶつけるのが私は怖いんです」

彼女は微笑んだ。

「二人切りでいる時、私、彼が怖くありませんの。私が恐れるのは」一瞬沈黙を置き、彼女は言った。

「他人がいる時のもめごと、それは彼の信用を落とします。幸いなことに、彼は必要とあればまるっきり別の外見も作れますけどね。この異常な賭博師は最高に大胆で、だけど最高に慎重な実業家なんです。私は知ってますけど、ある人たちは彼が宣伝に配慮して放蕩者、奇人の役を演じていると思ってます。実業家はミュージックホールの花形やボクサーと同じように大衆の想像力に働きかけなきゃいけないって、彼もしょっちゅう言ってましたし。多くの人が彼の計算だって信じてますし、それが彼を救ってますわ」

彼女はもっと声を低めて尋ねた。

「先生、あなた、本当に……彼の精神が正常だと思いますか?」

「狂気と理性の境目にいらっしゃいます」

ワルドが目を開けた。彼女は大急ぎで言った。

「行って、先生、行って。最初の手当に必要なものは持って来させます、それより何より、彼があなたを見ない方がいいわ。多分熱と衰弱に支配されていますから、もう異常なお願いは忘れているでしょうけど。行って、だけど……どなたかあなたをお待ち?」

ためらっているダリオを見ながら彼女は尋ねた。

彼女といる時、彼は一瞬たりと重荷を負って疲れ果てた医者の役割を演じたくなかった。彼女は真実を彼の外に押し開いた。

彼は答えた。へりくだる自分が心地よかった。

「私の時間は全てあなたのものです、奥様。私は名の知られていない医者です。患者は僅かです」

「それじゃ、私が呼ばせたら、明日でも、今晩でも、また来ていただけて?」

「もしこの人が望むなら」

「違うわ」彼女はきっぱりと言った。「もうこの人の気まぐれじゃなく、私がお願いする問題です——これは重大過ぎます」

とても穏やかな彼女の声は、時に落ち着いてしかも威圧的な揺るぎない調子を帯び、それが彼を感嘆させた。確かに、身を護る術もない存在なら感嘆するまい、と改めて彼は思った。

彼に別れを告げながら、彼女はさらりと言い添えた。

「ただし彼があなたをお迎えするやり方に私は責任を持てませんわ、先生」

「あなたにお呼びいただければ、私は直ちにまいります」彼は熱を込めて言った。

そして、彼女から去った。

10　ダリオの告白

ワルドは結局治った。ダリオは自分が彼を救ったと思い、それに満足した。もっともワルドに対しては、時に本当の憎しみに達するほどの反撥を感じていた。

ワルドの車で、日に二回ラ・カラヴェルに出向いた。ワルドの回復で自分が手にする金を思わずにはいられなかったが、そんな強欲と密かな計算を恥じた。恥と願望、それこそが人生のこの時期に彼が最も痛切に感じたものだった！　自分が救いようもなくそういう者であることの恥ずかしさ、変身し、見かけも、環境も、魂の状態も変えたいという切なる願望。

どれだけ彼がシルヴィ・ワルドに憧れたか！　その豊かさだけではなく、これまで彼が名前しか知らなかった富の入口でどれだけさまよい、心を奪われたか――品格、無私無欲、洗練された礼儀、知らぬ間に害悪を消し去る誇り高さ――！　〝ヨーロッパに探しに来たのはこれだったんだ〟彼は思った。〝これだ、金や成功ばかりじゃない、もっと豪勢な生活、いいベッド、暖かい服、毎日の肉だけじゃあないんだ〟彼は思った。〝そう、あなた方全て、俺を軽蔑する、豊かなフランス人、幸せなフランス人よ、俺の望んだもの、それはあなた方の文化、あなた方のモラル、あなた方の美徳、俺よりも高く、俺とは違い、俺が生まれたぬかるみとは違う全てだったんだ！〟

とうとう彼は夢にも似た、生きている女性を見た！

彼女の目に、彼は何者でもなかった。男が女を思うように彼女を思うのを自分に禁じるほど、彼は痛切にそれを感じた。時折、激しい肉欲、愛欲が魂に込み上げた。蓋（ふた）をされた炎から強烈な熱が発するように。もう自分の息、血、眼差しから密かな渇望を追い払うしかなかった。だがそれは痛烈な発作として現れる他なく、彼をぞっとさせた。

ある日、ワルドは長い間自分の側に彼を留（とど）めた。遅くなり、シルヴィが彼に夕食をとるように勧めた。彼は、思わず、小さな声で言った。

「そんな厚かましい」

彼女は何故だか尋ねなかった。この男が人見知りで小心なことを見抜いていた。その心中を読んでいるようだった。これだけを尋ねた。

「お待ちの方はいらっしゃらないの？」

クララが彼を待っていた。クララは何と言うだろう？　ああ！　あいつだって嬉しいだろう！　これは彼にとってはまたとない躍進の機会だった！　ワルド夫妻は彼とクララの想像の中で破格の地位を占めていた。

「あの方が高貴のお生まれと知っても、俺は驚かんだろうな！」彼は誇らしげにクララに言っていた。

彼は承知した。クララの傍らに寝そべり、薄い毛布を掛けて、火の無い部屋で、体の側に体温はあっても震えながら、輝かしい人生と素敵な情熱を想像しながらバルザックを読んだ若い頃の夜を思い出しながら。そして今ここで、豪邸に入って、シルヴィ・ワルドのテーブルに着く！

身なりが悪く、髭もちゃんと剃っていない、その恥ずかしさが彼から離れなかった。

〝だが恥じてばかりいるには、これはあまりにも重大で、あまりにも意味深い。あまりにも思いがけない……この俺、ダリオ・アスファールが、いつの日か、対等な者としてここに迎えられるなんて思えたか？　何を話そう？　功労者としてか？　現に俺はワルドを救った。これは、ひょっとしたら、名誉ある、平穏なキャリアの始まりに過ぎないのか？　つまり俺が家を出た時、未知の世界で財産を探し求めた時、夢見ることができたような〟

彼は一階の部屋、窓を開けた小さな食堂までシルヴィ・ワルドに着いて行った。黄昏時は穏やかで暖かかった。

ダリオはテーブルを見た。全てが彼を感嘆させた。花、きれいな皿、とりわけ食卓を飾る牧神と踊る女たちの素焼きの小さな四つの立像、簡素できれいなナプキン、静かな給仕、シルヴィ・ワルドの些細な仕草。

彼は少し食べた、だが飲み慣れないワイン、名前も知らないぬるくて強いワインは急に頭に上り、彼は深い惑乱、異様な幸福感、そして、全てがにこやかで、親切に思われ、舌が不思議にほぐれ、最も閉ざされた心がどきどきして、開きかける酔いの始まりを感じた。

「何もかもなんと美しいんでしょう」彼は静かに言った。

手の中できれいなクリスタルグラスを愛撫し、光にかざして眺め、ワインの香りをかいだ。さらに声を落として彼は言った――

「これまでたった一度も、私はこうしたものを見たことがありません……」

彼女は驚いて思った。〝それにしても、この男はワルドと一緒に生きる私の地獄を知っているはず、それで私を羨むなんて〟

〝もしあなたが、私がここで、一人で、来る夜も来る夜もとった悲しい食事、それにあの空しい期待、あの長い夜、それにあの涙の全てを知ったら……〟彼女は思った。

だが彼は知っていた、確かに。誰しも、ワルドのスキャンダラスな人生を通して、耐え忍ばれた一つ一つの屈辱を推察し、一つ一つの嘆きを探り、冷笑し、彼女に同情することはできた。

それこそが最も痛烈で、最も耐えがたい苦しみだった――自分に定められた運命を慎ましく受け容れることができず、好奇と同情の眼差しが自分に注がれる度に、未だにおののき、未だに動揺する心の中の恥ずべき誇りを消し去ることができない。

しかし、誰がそれを見抜いたか？　彼女は見たところまったく無関心に、嘲笑、憐れみ、あるいは侮蔑に耐えた！

だがその全ては偽り、誇りの新たな見せかけに過ぎなかった。彼女はダリオが、情けをかけて迎え入れたこの未知の異邦人が、今夜、これほど率直に自分に胸中を打ち明け、自分の悲惨を明かし、恥ずかしさも、痛ましい慎みも持たないことに感嘆した。

彼女は尋ねた。どんな質問も不躾にならず、この男が自分に向けられた彼女の関心を感じて感謝し、喜んでそれを受け容れることが分かっていた。

「結婚はしていらっしゃらないのね、違うかしら？」

「いえ、私は結婚しています」彼は言った。「どうしてあなたが不思議に思われるか分かりますよ。私はそんな顔をしていませんものね。こんな貧乏学生の古着と風体じゃ、まったく放浪の独り者ですよね。分かってます。でも女房がいるんです。ずっと前に結婚しましてね。子供も一人います」

「まあ、それは嬉しいわ」彼女は生き生きと語った。「それなら私の娘をあなたにお見せできるし、その子の話ができるわね。父親だけが他人の子どもに関心を持ってくださるんですもの。私、何故かしら、あなたは独身で、奥さんも、お子さんもいないものと思っていました」

彼は唐突に、彼女に打ち明け、あるがままの自分、あったがままの自分を知ってもらいたいという必死の願望、人を自らの過ちの告白に駆り立てる願望を感じた。罪深くて、悲惨、だが神の目から見た、真摯で、偽りのない存在として、許されるよりも愛されるために。

「こうした全てが私にとって何を意味するか、あなたに充分ご理解いただけるものかどうか、分かりませんが」彼はゆっくりと言った。

曖昧な仕草で壁、窓越しの暗い庭園、テーブルを飾る薔薇を示した。

「私がこうしたものをこれまで全く目にしたことがなかったのは本当です。でも存在することは知っていました。そしてそれが、何が何でも、追い求め、這い上がる勇気を私に与えてくれたんです。お分かりですね、奥様、見かけの美しさだけじゃない、整頓された豊かな邸宅だけでもない、贅沢でもない、そうではなく、あなたのような方々がです、奥様」

彼女は尋ねた。

「あなたはフランス人をご存知ないでしょ？　そういうことがあり得るのかしら？」

「市民や、貧しい勤め人の部屋には時々入ったことがあります。でも繰り返しますが、問題は見かけじゃない、心なんです。あなたのご主人、あの人には驚きません。彼に似た人は他にも知っています。でもあなたは、あなたのような女性は、存じません！　お気を悪くしてはいけませんよ、奥様」驚き、苛立ったような彼女を見ながら彼は言った。

「よくお分かりでしょうが、私が語るのは、あなたの美しさでも、お化粧でもありません、そうではなく、人生なんです。私が見るところ、あなたの人生は私が知った、あるいは今でも知っている全ての人生と違っています。充分に生きれば、一生には数知れない誤りと罪があります」

深く真摯な彼女の口調が彼の胸を打った。

「ですからあなたの過去も、あなたが知った過去も、あなたご自身も卑下なさらないで」

「ああ！　あなたは分かっていらっしゃらない。分かるはずがない……どうやってご理解いただけばいいのか？」彼は呟いた。

「貧しさや、悪や、罪ばかりじゃないんです。その全ての醜さ、さもしいどす暗さ……いや、ご免なさい！　私はおじゃまですね。ご迷惑ですね、あなたの時間を奪ってしまいますね」

「私の時間は自由ですわ」彼女はそっと肩をすくめて言った。「フィリップのそばには付添人がいます。子どもは寝ていますわ」

「でもどなたかあなたをお待ちでは？　あなたならお友だちもいっぱいいるはずだ、ご両親だって、大勢のご家族だって」

「なんていう誤解かしら」彼女は微笑みながら言った。「大丈夫、お気遣いなく。誰も私を待っていませんわ。絶対に」

二人はテーブルから立ち上がり、彼女は部屋の角に置かれた長椅子に腰かけた。ダリオが顔を隠したいことを理解して、薄暗がりの中で。

だがダリオは彼女の前に立ち、今度は押し黙った。

「私には分かりません」やっとためらいがちな声で言った。「どうしてあなたには狂おしいほど自分自身を語りたくなるのか。奥様、誓って申しますが、私は自分の人生も、困難も、あるいは過去も誰にも一言だってしゃべったことはありません。多分、いつだって冷たい無関心を感じたんですね。でも奥様、あなたは心の中に憐れみをお持ちだ、軽蔑ではなく。人々に親愛の念をお持ちだ、嘲りではなく。それは本当ですね、違いますか?」

「ええ」彼女は言った。

彼は人生で初めて酔っていた。だが酔いは肉体を醒めて平静なまま残し、精神に勇敢さ、鋭敏さ、それと密かな絶望を与えた。

「私はひどく遠くから来て、ひどく低くから這い上っています。ひどくくたびれています。あなたが今日私にくださるのは一服の休息です。私はクリミアで生まれました」彼は一瞬沈黙を置いて、突然言った。忌み嫌った過去、恥ずべき過去を彼女の前で蘇(よみがえ)らせたいという願望に駆られていた。彼女がそれを聞いてくれるだけで、自分が解放されるような気がした。「なぜそこであって、よそじゃないのか? 分かりません。怪しげなレヴァントの種族で、ギリシャとイタリアの血が混じっています。あなた方がよそ者と呼ぶ輩(やから)です。至る所に散らばって、ばらばらの道に放り出される放浪の一族はご存知ないでしょう。同じ世代で、でも色々な場所で、ある者はヨーロッパの浜辺で絨毯や蜂蜜漬けのくるみを売り、他の者はロンドンやニューヨークで教養のある金持ちになる。なのに彼等はお互いを知りません。同じ名前を持ちながら、お互いの存在を知りません。そんな訳で、たまたま、私はクリミアで生まれました。父はこの国であなたも見かけるような行商人でした。きっとあなたの門前で立ち止まって――今の私みたいに、私みたいに――何度も粘ってはおどけて、何度も憐れみやお情けをせがんで、時折、首尾よく毛皮や安物の宝石を積んだ荷台をお目にかける。父はある時は絨毯を、ある時はコーカサスの宝石を、またある時は果物を売っていました。ひどく惨めなもんでしたが、それでも長い間、希望を失いませんでした。この世の全ての人間にチャンスの時がある、それを待たなきゃいかん、と言っていました。長いこと待ちましたが、チャンスは来ませんでしたね。でも子どもは毎年です、生まれるのもいれば、死ぬのもいる。私の少年時代は（私は三番目で、下に五人いました）ずっとお産の苦しみの叫び声、罵り声、げんこつの中で明け暮れました。母は飲んだくれて……」

彼は話を中断し、ゆっくり顔を手で擦った。

「六年、八年、十年に渡って」彼は言った。「生き抜いた完全な人生、地獄の輪廻、死後より長い一生です。さて今度はクララ、私の女房のことをお話ししなきゃなりません。黒海に近い小さな港町を想像してみてください。名前は申しません、未開人の名前で、覚えられたもんじゃありません。クララはそこで暮らしていました。父親はユダヤ人の時計商でした。彼等にとって、私は流れ者、ギリシャ人、異邦人、異教徒でした。でもクララは私を愛しました。二人とも子どもでしたがね。あいつの父親は自分の家に私を迎え入れて、自分の仕事を学ばせようとしました。

でも私の夢は勉強して、後々弁護士か医者になって、立派な仕事を持ち、あのぬかるみから逃げ出すことでした。あそこで、私には運がありました。実際高等中学の教師が私に目をかけて、勉強させてくれたんです。それで、私は十八歳、時計商になる定めでした。野蛮な村を逃れたかった、とりわけ、自分の家族にはもう二度と会いたくありませんでした」

彼は言葉を探し、目を伏せて、静かに言った。

「私はあのぬかるみを憎みました。そこで――ああ！　奥様、なんであなたにこんな話を？　なんであなたの前で、ここまで自分を貶めて？　明日、あなたはもう私に会いたくないでしょうね。でもあなたがこうして話を聞いてくださるのは最大のお慈悲です。苦く、憎しみと毒念に満ちて、閉ざされて、多くの歳月でかたくなになった魂、それが、突然、開きかけて、奥様、どれだけ私があなたに感謝しているか、決して言えるもんじゃありません……これまで、誰も何も知りませんでした、クララの他には。それでクララは私を裁くことも許すこともできません。だいたい、今、あなたに申し上げること、クララはそれを知らないんです。あいつは私を愛しました。私は出て行きたかった。あいつは私に着いてきました。私たちは何一つ持ちませんでした。私はあいつの父親の家で金を盗んだんです、それから私たちは出発しました。あいつは十五、私は十八でした」

彼は黙り込んだ。シルヴィを忘れてしまったようだった。彼女は彼にかける言葉を知らなかった。だが彼の野生の激しさに胸を打たれていた。努めて、最も落ち着いた、最も坦々とした口調で尋ねた――

「それからは？　どうなさったの？」

だが彼はじっと押し黙ったままだった。今、良心が甦った、それに恐ろしい恥ずかしさが。こんな酔っぱらいの告白、彼女は自分をどう思うだろう？　ようやく、彼はやっと自分を抑え、答えた。

「それから、私たちは結婚しました。ポーランド、ドイツ、それで最後にフランスで暮らしました。どうやってここに辿り着いたか、どんなに惨めに暮らしたか、それを言う気にはなれません」

「でも今はそれも全部終わったでしょ！　今、あなたはお幸せでしょ、結婚して、父親になって、職業も、目の前に将来もおありじゃありませんか」

「将来ですか？」彼は口ごもって言った。「私は運命を、呪いを信じています。自分はごろつき、いかさま治療師に運命づけられている、そしてそれを免れないと思っています。人は己の運命を免れません」

長い間、彼は彼女の声を待った。だが彼女は何も言わなかった。その美しい顔は蒼ざめて疲れていた。

「奥さんの話をもっとして」ようやく彼女は頼んだ。「特にお子さんのことを。あなたがおっしゃる呪いは、あなたにかかっているとしても、あなたのお子さんに触れる前に消えるでしょうね。

だって、彼は、幸せな環境の中で、いい人たちの間で生きるでしょうから。あなたの願望もあなたの後悔も、彼が知ることはないでしょ。それで充分なのでは？」

彼はいきなり身を屈め、彼女の手を握って口づけした。

「ありがとうございます、奥様」彼は小さな声で言った。

それから彼女に別れの言葉も告げず、部屋の外、邸宅の外に駆け出し、姿を消した。

11　思いがけない事情

クララは子どもを寝かしつけ、ダリオの帰りを待っていた。ランプは点けていたが、普段通り、鎧戸は開けたまま、窓も開けたままにしていた。彼女のそばに戻る時、まだ街中で他人たちに囲まれている時、ダリオが目を上げ、この明かりが見えたら嬉しいだろう。

若かった頃、父母が彼女を一階の小部屋（壁の上の至る所で、細長い箱に入った掛け時計がきしみ、呻き、ため息をついていた）に一人残して、眠りに上がると、彼女は蝋燭を灯し、そのほのかな光で、翌日の予習を始めた。十五歳の小柄な女学生で、茶色のワンピース、胸当てのついた黒いエプロンを身に着け、背中に二本の長いお下げ髪が垂れ、すべすべした蒼白い頬をしていた。彼は、流れ者で、穴の空いた長靴をはいた、惨めな見習いの時計職人だった。彼女は父の仕事台の上に教科書を置いた。微妙な心臓部が止まって動かなくなり、中を開けた腕時計に囲まれていた。とても小さな声で学課を暗唱した。蝋燭はくすぶり、部屋は寒くて薄暗かった。埠頭の波の音、それに時々、居酒屋帰りの兵隊の歌や近所の大通りの車の音、時にはさらに、港の喧嘩騒ぎが聞こえた。

　両親が上の階の自分たちの部屋で寝てしまうと、クララは仕事台の上の蝋燭を持ち、弱々しい光が外から見えるように、窓に近寄せた。それから扉の鎖と南京錠を外した。なんと恐ろしい瞬間！　それを思い出すと、彼女の心臓はどきどきした、何年経っても……きしむ音、鎖の落ちる音、上で寝ている年寄りたちがそれで目を覚まさないかしら？　ダリオは合図を待ちながら、街路をうろついていた。今日のように、窓辺に明かりが見えると、彼は全てがうまく行き、二人は大丈夫だと分かった。父親は何も見ていなかった。近所の人たちはおしゃべりしていなかった。朝まで危険なく彼女のそばにいられる。彼の足音が聞こえると彼女は蝋燭を吹き、戸口のすぐそばに立った。彼は彼女の方に身を滑らせ、腕に彼女を抱いた。二人は決して見つからなかった。

　ヨーロッパで、街の無数の照明の中で、明かりの灯った自分の窓を目にすると、カルチェラタンの安ホテルでも、サン＝トゥアンで暮らした小さな住いでも、彼は、すぐに自分が温(ぬく)もり、ほっとするのを感じた。彼は思った——〝全てうまく行ってる〟

　彼が入ると、彼がしゃべるより先に、彼女はさっと微笑んだ。これも彼女が絶対に捨てない習慣だった。今は全てがうまく行っていた。二人には家があり、パンがあった。だが彼女はもう食べる一切れのパンも、温まる石炭も残っていない夜を決して忘れないだろう。この笑みは当時も今も意味していた――〝ね、大丈夫ね、また一日過ぎたわ。私たち生きてる、そして私たち一緒ね。これ以上何を望むの？〟

彼が入ったらすぐに彼女は立ち上がって、食事を出すだろう。彼はゆっくり食べた。すきっ腹が癒される充足感、安息感を骨の髄まで楽しみながら。そして彼女にとって彼が食べ物を口に運び、ゆっくり噛むのを見て、最後にこのパンが今夜、この先一週間、もしかしたら、一ヶ月ずっと確実にあると思うことがどれだけ幸せか？　確実にあると誰が言えただろう？　彼は毎日ラ・カラヴェルに行った。ワルドは回復していた。だが、もうダリオなしではいられないようだった。というのも、ダリオは毎日、しょっちゅう彼女にその話をし、自分が王子のように迎えられたそのとても美しい邸宅に出かけて行ったから。

やっと、門が開く音と、庭のダリオの足音が聞こえた。なんてのろのろ歩くのかしら！　それになんて遅くなったのかしら！　だが彼女は心配しなかった。彼がそこで、自分のそばで生きている瞬間から、恐ろしいこと、本当に恐ろしいことは何にも起こるはずがない。彼は入った。彼女に近づき、キスした。それから彼女のそばに坐り、手ぶらで、黙りこんだ。

だが、もう、彼女は立ち上がっていた。彼に食事を用意をした。彼は無理に何口か食べたが、すぐにお皿を押しやった。

「腹が減ってないんだ。ラ・カラヴェルで食事をしてな」

「本当に？　また？　あなた、ひどく疲れてるみたい！」

彼は返事をしなかった。

彼女は泣きながら目を覚ました子どもを腕に抱いた。その子を揺すり、あやして、夫のそばの、古毛布を掛けたトランクに腰かけた。二人は訪問者、いもしない家族、客のための硬くて、仰々しい肘掛椅子では寛げなかった。二人にとっては、ヨーロッパのあらゆる駅を見た硬いトランクが安息の場所、確かな避難所だった。

彼女はダリオの肩に身をすり寄せた。

「そう、あなた疲れてるのね。でもここ何週間か、もっと嬉しそうで、もっと穏やかだったのに。もっと楽に息をしていたわ。あなたはもう怖がってないって、私、感じたの。私が病院から戻った時は猟師に追われた獣みたいだったけど。息を切らして、震えて、血まみれの脚をした可哀そうな獣」彼女は微笑みながらとても小さな声で言った。

彼女は彼の片手を取って口づけした。

「だけど今日は、また怯(おび)えてるみたい。怖いの？　何をしたの？」

「何にもしちゃいないさ」彼は努めて言った。「俺は怖がっちゃいない。なにも心配するな、クララ」

「悩みがあるの？　ダリオ」

蒼ざめ、震えるダリオの唇が引き攣った。彼は一瞬黙りこんだが、答えた。

「いや」

「ワルドさんのお宅に長いこといたの？」

「それほどでもない、ワルド夫人が出て行った」

「でも……昨日、あなたそれを何にも知らなかったの？　あの人たち、そんなふうに出て行っちゃったの？　あなたに別れも告げずに？　それで謝礼は？」

「謝礼？　ああ！　それが心配なのか？　いや、いや、安心しろ。ワルド、あいつはずっとこっちにいる。少なくともモンテカルロには。だがあの人は、あの人は出て行ってしまった」

「変な言い方ね。出て行った、それどういうこと？　じゃ彼女は戻らないの？」

「あの人は戻らん」

「絶対に？」

「そう、絶対に」

「でもあなたにどうしてそれが分かるの？　ダリオ」

彼はためらっているように見えた。それから肩をすくめた。こう思っていた――

〝何を秘密にするんだ、俺が？　こいつに分からんことなどあるか？　俺の女房、俺を愛してる女房に。それにそもそも、隠すことがあるか？　何もないぞ。こいつにも、俺自身にも。シルヴィ・ワルド、あの人は俺にとって女じゃあなかった〟

彼はポケットから皺になった手紙を取り出し、クララに差し出した。

「これを今朝受け取ったんだ」

彼女は読んだ。

親愛なお医者様へ

私は出て行き、もうラ・カラヴェルには戻りません。フィリップの病気、その後の回復と新たな狂気に渡って、あなたは本当にご親切で、誠実な態度をお示しくださいました。発つにあたって、私の唯一の心残りは、あなたにお別れを告げず、お手を握れないことです。この出発を私は長い間準備していましたが、思いがけない事情から、緊急に避けられなくなりました。今後はパリに住むことになると思います。私の住所を差し上げます。もしあなたが友情、誠意、慰めを必要とされるなら、私を思い出してください。

シルヴィ・ワルド

クララはゆっくり手紙をたたんだ。

「今朝これを受け取ったの？　でもだったら、ラ・カラヴェルに何しに行ったの？」

彼はかすかに微笑んだ。

「分からん。馬鹿げてたか。邸宅をもう一度見たくてな」

彼はさらに小声で言った。

「やきもちは焼かないよな？　クララ。俺が世界でお前しか愛していないことは分かってるな。だけどな、あの人は他の奴らと違うんだ。あの人と、俺が今まで見たきた皆の間には、お前、クララと俺たちの子どもは別として、天と地の隔たりがあるんだ。どう言ったらいいのか分からんが……俺は今まで一度もあんな人は見たことがない。気取りがない、エゴイストじゃない、けちでもない、あの人にとっちゃ、金もこの世の富も何の意味も持たないんだ。それで善良だし、親切だし、いきいきして、賢い！　もしかしたらあの人たちの世界には大勢いるのかもしれん、(俺はそう思わんが）だが、俺にとっちゃ、間違いなく、類まれで、並みはずれた人なんだ。俺が妹みたいにあの人に愛情を持ったのはそのためさ」彼はクララの方に目を上げて言った。「俺は絶えずお前と子どものことをあの人に話した。いつも、あの人は聞いてくれたさ。いつも、元気づけてくれたさ。ワルドの病気以来何ヶ月も、あのおぞましい獣が回復してからもなお、俺は毎日あの人に会いに行った。するとあの人は素晴らしい好意、素晴らしい知性で迎えてくれたんだ。俺が愛情を持ったほどだな」

彼は絶望的に繰り返した。

「そういうわけさ、クララ。俺には他に言いようがない……怒ってないよな？　クララ」

「いいえ。大抵のことで、私があなたのために何にもできないのは分かってるの。私は普通の無知な女房ですもの」

「お前はいいものを全部持ってる、愛しい女房だぜ」ダリオは愛情を込めて言った。「あの人とお前の違いは多分ここに尽きる。単に、あの人は何世紀も飢えから守られて、俺たちの父親や俺たちみたいに、食い物を探したことなんぞなく、無私無欲と名誉っていう贅沢が許された種族の出だってことさ――俺たちにゃ無理だ」彼は苦く言った。

「ダリオ、なんで彼女は出て行ったの？　私だったら夫と別れないけど」

「お前はワルドっていう獣を知らんのだ。俺はあいつを犬みたいにくたばらせてやらなかったことを心の底から悔んでる。聞けよ、お前には一度も話さなかったが。一月前のことだ、ワルド夫人の娘、幼いクロードが病気になったんだ。ひ弱で蒼白い娘だが。（俺たちの美しいダニエルとは違うな、彼は誇らしげに言った）ただの悪寒で危険はなかったが、どんなに俺が手当しても熱が下がらん。ワルドはあそこにいなかった。あの人は心配して、一人で、死ぬほど疲れちまった。俺は思ったんだ――もしうちのダニエルが病気になって母親一人きりだったら、俺はどうする？　引き止めるものなんかあるもんか。何もかもうっちゃって、お前の方に走るさ。だから俺はワルドがどこか聞いた。またしてもモンテカルロだ。俺はあいつを探しに行くことにした。それをワルド夫人に話すと、あの人は苦笑いして、俺がまだえらく無邪気で全然悪を知らないと思ったみたいだが。俺は出発した。カジノで待った。立ち入り禁止の部屋に入れなかった。だから玄関で待ったんだ」彼はどうやってボーイにメモを渡させたか、自分の文言を思い出しながら語った。――探したが他のが見つからず、自分の請求書と同じ用紙で、――〝医師アスファールよりワルド様にお伝えします　残念ながら幼いクロード嬢の具合がさらに思わしくなく、お母様が一人きりでおられます。ワルド様にただちに奥様とお子様の側に戻られることをお勧めします〟

「俺は二、三、四時間待った。はらわたが煮えくり返ったぜ。もしワルドをとっ捕まえたら、力づくで引きずって行ったと思うが、あいつは来なかった。やっとボーイが入って来て、俺のメモを突っ返した。答えはなかった。あいつがようやく戻ったのは四日後だぜ。子どもは回復したが、あいつのいない間に死んでたかもしれん。あいつはやって来て、着替えたが、奥さんには一言もなく、またパリに出発した。その間エリナー・バーネットが（あいつが以前のエリナー・ムーラヴィネの愛人だってのは話したよな。今はエリナー・バーネットって名前で、自分をそう呼ばせてる）」彼はとても早口で、熱っぽく、疲れた表情で話し続けた。

「あのエリナーが車の中で待ってたんだ」

「私だったら、あなたと別れないけど」クララは繰り返した。

「だが分かるか？　あいつはあの女を娘どもの所、売春宿に連れて行こうとしたんだぜ……そんなこと口にもできん、そんな悪趣味、そんな汚らわしい放蕩はお前が知らんことだ、それに分かるか？　あの人が手紙の中で言ってる〝思いがけない事情〟がどんなもんか。俺はアンジュ・マルティネッリから聞いたんだ。そう、あの男はニースと近郷の出来事で知らんことはないんだ。ワルドがパリから戻った時、あいつはあの女、エリナーを連れていた。あの女は車の中で待ってるだけじゃあ満足しなかった。屋敷の中まで入り込んだんだ。だいたい俺にはなんでか分かる。妻を出て行かせるための策略だ、あの人が決して同意しそうもない離婚を手に入れるためだ。それで家庭放棄を口実にできる。あの人がそんなことを見抜かないはずがない。あの人は全てを見て、全てを理解するんだ」彼はワルド夫人の目、心の底まで読むような深く、鋭い目をまざまざと思い出しながら言った。「だがその時、おそらく、あの人は力が抜けてしまったんだ」

「なんで彼女は離婚したくなかったの？　やっぱりまだその人を愛してるの？」

「いやあの人はもうあいつを愛してない。もう愛してない。間違いない！　言っとくが、もう愛してないぞ、そんなことがあるもんか」

彼は一種の怒鳴り声を上げた。

「だったら、どうして？　私、分からない」

「多分あの人がカトリックで、信仰の人だからだ」

彼女は突然、気づかぬくらいのため息をついて尋ねた。

「とてもきれいな人？」

「そうだ」彼はこもった声で答えた――

「とても、とてもきれいだ」

「だったら、そんな獣みたいな、もう愛してもいない夫に別れを迫られて嬉しいんじゃないの？　ひょっとして別の男が彼女を待ってる？　神様が女のために何ができる？　愛だけが女を守ってくれるのよ」

「あの人は他の女どもとは違う」ダリオはもう一度言った。

「でも、そのワルドさんと結婚するには、彼女だってきっと愛か富への欲望に駆られたんでしょ、結局、人としての感情に！　私たちと同じように！　だから彼女、天使じゃないわ、一人の女よ！」

「俺は信じたい……」ダリオは顔を上げ、皮肉めいた、優しい微笑を軽く浮かべて妻を見ながら言った。

「クララ、俺はあの人が天使だって信じたいんだ」

「あの人は俺とはかけ離れてる」一瞬沈黙を置いて、彼は言った。

「反応も考えも俺とは違う。俺たちが人生で求めることを求めない。俺たちが〝幸福〟って呼ぶもんは、あの人にとっちゃ幸福じゃないし、俺たちの不幸もあの人の不幸じゃあるまい。ぎりぎりの惨めさの中でだって、あの人は自分の命を守らない。あの人は救おうとするだろう……」

彼は黙った。彼女の中に認め、自分には認めないその神聖で清廉な資質をどう呼んでいいのか分からなかった。

「……自分の誇り、自分の良心を救おうとするだろう。他人からは何も奪わん、決して、自分自身のためにも、子どものためにも、まさか、男のためにも」

「それじゃ、彼女は自分の子どもを愛していないわ」

「愛しているんだ、クララ、だがあの人は俺たちのようには愛を理解しない。確かにそうだ、あの人は別の人間なんだ」

彼は思った――〝一つの魂……そう、俺が探していたのはそれだ、あの人を知る前は知らなかった言葉だ。人が通常そう呼ぶような、肉の分厚い塊をぼんやり照らす薄灯りじゃなく、偉大な輝かしい光だ〞

彼は言った――

「あの人は諦めて受け容れる、だがそれは弱さからじゃない、誇りからなんだ。あの人は貧しさを恐れない、それに……あの人が俺を見つめた時、時折……」

彼は目に手を当て、押し殺した声で、ゆっくりと言った。

「俺は自分の中に安らぎが降りるのを感じたんだ」

クララは立ち上がり、子どもをもう一度寝かしつけ、食器を片づけ、部屋を出た。彼女が戻った時、彼は動いていなかった。古いトランクに腰かけ、額を壁にもたせかけていた。彼女は唐突に言った――

「覚えてるかしら？　あなたが子どもだった時、あなたのお母さんがある将校の銀のナイフ、フォーク、スプーンのセットをあなたに盗ませたことがあったわ。将校があなたを殴って、あなたはその拳骨で死ぬとこだった。セットをお母さんに渡す前に、あなたは小さな銀のスプーンを一本取って隠していたの、私にプレゼントするために。私はもらわなかった、するとあなたは一ルーブルでそれを売って、砂糖菓子に使ったの。覚えてる?」

「一体なんで俺にそんな話をするんだ? 俺は自分の過去が憎い! そいつを憎んでるんだ!」

「その子があなたで、あなたがその子だからだわ、可哀そうなダリオ。あなたは自分の体を変えられない、血も、富への欲望も、人から攻撃された時の復讐欲も変えられないのよ。もう一人の人は、ダリオ、ありのままのあなたを愛さないでしょうね、それにあなただって、本当には彼女を愛せないでしょ」

「俺には分からん」

「あなたは彼女に憧れる、でも愛さないでしょうね。妹ですって? あなたの妹は私よ。そう、あなたの妻である以上にね。私たち、同じ言葉をしゃべってる。もう一人の人は異国の言葉よ、あなたが学びたい……」

「俺がたどたどしく話し、たどたどしく読む」彼は苦々しく言った。

「でも絶対にあなたには分からない!」

「もしかしたら?」

彼女は彼の髪を撫でた。

「ダリオ、夫と妻として、同じ言葉をしゃべって、一緒にお腹を空かせて、一緒に恥をかかされたのは大きな幸せだわ。あなたはそう思わない?」

答えを待たず、彼女は彼をそのままにして台所にコップを洗いに行った。静かに歌った。長い間、ダリオは流れる水の音と歌に耳を傾けた……何回それを聞いたことか……貧しい住まいに面したクリミアの宿屋で、冬の夜長に、船乗りたちがそれを繰り返し合唱した。その歌は郷愁と怒りで彼を混乱させた。恥ずかしいが、人生そのものであり、血のように自分の中を流れると思えるからこそ大切ないくつかの思い出のように。

クララが戻った時、ダリオは服を脱がずにベッドの上に身を投げ、時々やるように、頭を枕の中に埋め、顔にかけていた毛布で隠し、寝たふりをしていた。

12 分の悪い戦い

ラ・カラヴェルには誰もいなかった。ダリオはもう出て行くことしか考えていなかった。ワルド夫人に再会するためというより、ニースを去るために。絶えず彼女を追い求めたニース、しかし、彼が成功できなかったニースを。とうとう、閑散期、八月になった。ニースがまだ夏の人気を知らない時代で、住民たちは暑さが来るとすぐにそこから逃げ出した。

出発はいつでも彼にとって唯一の願わしい薬だった。他の人間ならもっと働くか、酒か女で忘れようとする時、彼は急行列車や異国の街々を夢見た。そこでも不幸や悲惨しか見つからないことはよく分かっていた。だがきっと、また別の悲惨。それで既に儲けものだった。

やっと同業者の一人、ある歯科医と誼を通じることができた。歯科医は彼に費用を出し合ってパリでアパルトマンを借り、二人で住み着くことを提案した。

三ヶ月後、彼はパリにいた。引っ越し費用は、確かにえらく苦労して手に入れたワルドの報酬でまかなった。ダリオは自分の便箋と名刺にふさわしい住所をもつべく高級地区のアパルトマンを選んだ。だが非常に高い家賃は重い負担だった。すぐに患者を持ちたかった。歯科医は素晴らしいお客を期待させた、だが、悲しいかな！　何も変わらなかった。金、また金、絶え間ない計算、絶えず裏切られる期待、得る前に使ってしまう金、これぞ彼の宿命！　明日もましではないと知りつつ、疲れ果てて眠る夜。なにしろ、起こり得るましなことと言えば、明日が流れ去ったばかりのひどく暗くて苦いその日に似ていることなのだ。前を見るのが恐ろしい。勘定するのが恐ろしい。時たま、百か所に同時に入れたいなにがしかの金を受け取る、そして手の中でそれが溶け去るのを見る。患者の家に着いて、心を込め、気力を奮って、最善の手当をする、患者を励まし、家族を慰める、必死の呼び出しで朝一番に起こされてまた行く、命の恩人として扱われる、勘定書きを見せる、返事がない、待つ、もう一度書く――〝医師ダリオ・アスファール、慣例に従い、等々〟やっと受け取る〝手付金を少々――残りは可能になり次第〟残額を見ることは決してなく、その家族が他の医者に問い合わせていることを知る、何故なら彼、ダリオ・アスファールはあんまり欲得ずくで、金の要求ばかりする、しかも、車がなくて、遅刻ばかりした。これが彼の人生だった。

彼が実際にはやっていない往診を二三回分勘定に上乗せする習慣をつけたのはその時だった。彼に貸しがあり、決して手に入らないものをそれで埋め合わせようと考えて。

歯科医とその妻は厚かましく、鈍重で、怠惰だった。三人子どもがいたが、ダニエルと一緒に地獄の騒音をたてた。家族の金切り声、喧嘩が絶えなかった。

同居しているダリオと歯科医はそこからいくらか利点を引き出した――患者が自分のところに来るとダリオは言った。

「あなたは歯の治療をしなければいけませんね。これじゃうまく噛めませんよ。嘆いておられる痛みと酸っぱさの原因はそれだけです。ここにいらっしゃるんですから、お隣に相談されることを強くお勧めします。私たちは取り決めをしています。私の患者さんなら特別料金でやってくれますよ」

ダリオは新しい患者一人一人につき、隣人の報酬から歩合を受け取った。歯科医も自分の客に彼を推薦した。だが遅延者に督促した支払い期限になると、二人とも郵便配達人を待ち構え、どちらかに宛てられた書留郵便について文句をつけ合う準備を整えた。

絶え間ない計算は患者の枕元までダリオにつきまとった。彼はまだ患者といる時、どんな態度も許されるほど高い地位にはなかった。しょっちゅう陽気であることを忘れた。お決まりの冗談も、自分の病気を知らない癌患者に最後に戸口からかける言葉も忘れた。――〝さて、さて、大して深刻じゃありませんよ〟それが患者にこう思わせる、〝もしかしたら、それでもやっぱり…

…〟彼は女たちを治療する時、軽い冗談、楽観的な意見、お追従を言わなかった。異邦の訛り、惨めで人見知りな雰囲気をどうにも払い除けられなかった。

仕事の長い一日が終わって、自分の家に戻る時、クララにまた会う前に、彼は住まいの敷居でしばらくたたずむことがあった。それは彼の心が自由になる唯一の時だった。家では、ガスと電気の請求書を見つけるだろう。古い借金を数えるだろう、遅くまでランプの下で縫い物をし過ぎて、充血し半分閉じてしまったクララの目を見るだろう。子どもには短靴が、自分には新しいオーバーが必要なことを思い出すだろう。鉄橋に面したこの騒がしい通りの中で、彼は一息ついた。葉を落とした侘しい木々も、秋の霧も、先を急ぐ陰気で悲しそうな人々も、彼はもう見なかった。払い落せない病気と悲惨の臭いを意識するのは止めていた。それは絶えず彼の周りを漂い、衣服にしみ込んだ。彼は何も考えなかった……分の悪い戦いの最中にいるように自分の力をかき集めた。そこでは、まだ一瞬死を免れても、逃げることができない、人は武器を手に握り締め、愛しい者を思い、前に身を投げ出す。遂に心の中で何も惜しまぬことを理解し、生きるために必要とあらば、引き換えに魂を失うことさえ受け容れて。

13　雨中の訪問者

クリスマスの何日か前、パリでは暗く冷え込んだ一週間があった。シルヴィ・ワルドは今ヴァレンヌ街の親戚の家に子どもと一緒に住んでいた。そろそろ昼食の時間だった。徒歩で外出していた彼女は帰り道を急いだ。古い壁、高くて静かな暖炉のある心休まる屋敷だった。それは避難所だった。

シルヴィはワルドと別れていた。彼女が夫婦の住いから逃れたので、おそらく、彼は離婚を請求し、勝ち取るだろう。後々、彼女は絶望に身を任せたこの数ヶ月を、人生で最も悲しい時として思い出すに違いない。これまで彼女は良きにつけ悪しきにつけ、ずっと自分の道を信じ、自分自身を信じていた。今は深い闇の中を彷徨(さまよ)っていた。

屋敷に近づいた時、彼女は両開きの門の側に、霧と雨の中でじっと立っている男を見た。手をポケットに突っ込み、かぶった帽子から雨が滴(したた)り落ちていた。彼女に気づくと、男は彼女の方に一歩進み、彼女の名前を呼んだ。彼女にはダリオだと分かった。

「ダリオ・アスファールさんね」彼女は言った。

彼は薄っすら笑った。

「私が分かってくださいましたか？　奥様。お忘れになっていない？　私は……私は通りかかりまして、申し訳ありません、奥様、もしかしたら、あなたが面会をお許しくださるかと思いまして、あちらでのように、ラ・カラヴェルでのように。でも気が引けまして、ぐずぐずしていました……」

奇跡を起こして、彼女に会えるように神に祈りながら、冷えきったぬかるみの中で長い間足踏みしていたとは言わなかった。そして唐突に、彼女は姿を現した。だがひょっとして、彼女は彼を追い払うのか。彼は彼女の手を握った。彼が取り乱して謝り、あまりせかせかとしゃべるので、最初彼女は彼が言っていることがほとんど分からなかった。それでも、少しづつ、彼は平静になった。最後にごく小さな声で言った。

「どうして厚かましくあなたのお宅におじゃましたのか分かりません。しきりにうかがいたくなりましたが、どうにも口実が見つかりませんで」

「お会いできて嬉しいわ」彼女は優しく言った。「口実なんか要りませんわ。いらっしゃい、ここじゃ寒いわ、雨が降って」

彼は彼女に着いて行った。古い館の中庭も、廊下も、薄暗くて寒い大広間も、何も目に入らないくらい動揺していた。最後に、彼女はきれいな小部屋に彼を通し、一人残した。

しばらくして彼女は濡れて冷たくなった服を着替えて戻り、彼に紅茶を運んだ。彼女が熱い紅茶をカップに注ぐと、彼は嬉しそうに飲んだ。

「あなた震えてらっしゃるわ。どんなに寒かったんでしょう……」

「私はまだ弱っていまして。病気になりましてね。一月以上寝たきりでした」

彼女は彼に妻と子どもの近況を尋ねた。二人ともためらい、自分の言葉を探した。この人は変わっていないな、と彼は思った。黒いドレス、手袋をはめていない手、指のダイヤモンド、真っ直ぐ上げた繊細な顔の生き生きした動き、長い首、銀粉をふった黒髪、張り出したきれいな額、深くて賢そうな、輝きに溢れた眼差し……

彼は彼女の手を取り、突然、自分の顔、冷たい頬にそれを運んだ、流石に唇でそれに触れる度胸はなかった。

「冷えますね」彼はやっと言った。「私は疲れています。私が会うのは不幸な人、病気の人、絶望した人ばかりで。私自身、絶望していますしね。それでお邪魔したわけです」

「あなたのために私は何ができるかしら？」

「何も、何も！」彼はぎょっとした表情を浮かべて叫んだ。「私はあなたに何も求めません、ただ追い返さずに、ここにいさせていただければ」

「どうしてニースを去られたの？　あちらで成功されるところだったでしょう？　こちらで患者はおあり？　暮らし向きは良くて？」

「いや、悪いです、非常に悪いです。ほとんど帳尻が合いません。それにこの病気ですっかり台なしになってしまいました。まず、どうにも動けなかったせいで、それから私を認めてくれた家庭のいくつかが、他の医者にかかってしまいまして。不運につきまとわれていますよ。家から逃げ出すしかないくらい女房の不幸に責任を感じています」

「責任を?」

「そうです。なんであいつをここに引っ張ってきちまったんだ? なんで子どもを作ったんだ? なんでだ? どんな権利が私にあったんだ? 私は大層な人物を、フランスの医者を演じようとしました、私、そう、この私がです! でも私は何者ですか? ぬかるみの出です。ヌガーか絨毯売りに生まれついてるんです、医者じゃありませんよ。這い上がろうと無駄な努力をしました。それで繰り返し落っこちました、その都度もっと低いところにです。私の夢はあなたのところにうかがって、科学の研究が順調に運んでいると申し上げることなのかもしれませんがね」彼は努めて笑いながら言った。「意識の症例を差し出すとか、新しい血清を発見したとお知らせするとか。で、私はあなたに何が言えますか? 金がない。いいえ、おっしゃらないで、私に金をくださっちゃいけません! 私があなたからお金をいただいたら、あなたはおっしゃれますよ——〝お終いね。この男は生まれた時からなるはずだった者になったわ、ならず者に〟ってね。今のところ、私はまだもがいています。まだ望みをもっています。でも私は何者ですか? 地べたの人間ですよ」彼は野生の荒々しさで言った。「泥と夜で捏ね上げられたんです。奥様、くれぐれもお許しください。あなたを悩ませるべきじゃなかった。あなたに感謝します。あなたはとても良くしてくださいました」

彼は立ち上がった。

「さようなら、マダム」

「何か悪いことをなさったの？」

彼はちょっと苦笑した。

「真顔でそれを聞ける存在を私は世界で二人しか知りません――女房とあなたです。私は悪いことは何もしていませんよ。絶えず近づく支払期限のことを考えています。もう二回遅らせて、これ以上遅らすことはできません、希望のない時になおも望み、家族のために震えています。我が子、我が女房、私がいなかったらあいつらどうなっちまいます？　私は盗むかもしれません、殺すかもしれません、もしあいつらの運命に安心するために必要ならば。神の前にいるようにあなたにそう申し上げます、私は森の遠くにうっちゃられた野獣みたいなもんです。私の家族が齧りついて奪い取らなきゃ、誰もあいつらに食い物をくれやしません……で、あいつらにはできん、どうしてできます？　女房はひ弱でくたびれてます……子どもは小さくて、弱くて……」

「あなたのお力にならせて」シルヴィは頼んだ。「お金はあとで返してくださるでしょ。恥じることはないわ」

「絶対に！　絶対にダメです！　私に金をくださっちゃいけない。あなたが！　私に！　あ あ！　すみません、奥様、すみません」彼は疲れて、戸惑った仕草で額に手を当てながら呟いた。

「まだ熱がありまして。お恥ずかしい。私の苦しみはひどくさもしい。あなたに罪を告白する方がましなくらいです」

「そんなふうにおっしゃらないで」彼女は不意に言った。「私はそれに値しません。あなたは時々まるで私が……天の人間で、あなたのような地の人間じゃないように扱いますけど……私だって過ちを犯して、絶えず罪を犯して惨めにさまよっているんです」

「いや、それは同じ誤りじゃありません、同じ誘惑でも、同じ過ちでもありませんよ。私はそれが嬉しいんです。あなたが私の遥か上にいらっしゃると感じていたいんです。それにしても、時に、私はあなたを憎みます」彼はさらに声を落として言った。「でも、なお一層、私はあなたを愛しています」

彼女は答えなかった。

彼は慎ましく願い出た――

「時にはこの野生の気違いをまた迎え入れていただけますか?」

「お望み通りしょっちゅうね」彼女は言った。「悲しくて、病気で、不幸で、孤独。私はあなたのお話しをお聞きします、あなたをお迎えします、あなたが許してくださるなら、あなたのお力になります、それを思い出して」

彼はいきなり立ち上がり、椅子の上に置いていた黒皮の古い書類鞄を掴んだ。

「ありがとうございます、奥様。もうおいとましなきゃなりません。夕食前に一か所尋ねる所がありまして」

彼はぎこちなく身を屈めた。彼女は彼に手を差し延べ、彼はやっと思い切ってその手を取り、握り締めた。彼は立ち去った。

14　エリナーの計画

もう一度ヴァレンヌ街、シルヴィが住む屋敷、その近隣の屋敷に目をやり、ゆっくりと、ダリオは遠ざかった。かつて、彼は戸締りした暖かくてきれいな部屋、灯されたランプ、柔らかい絨毯の上で遊ぶ子どもたちを際限なく思い描いた。初めて、彼はそれを目の当たりにしていた。羨望を込めて、鎧戸の隙間越しに、管理人室、奥の間、職人たちの一階の部屋を眺めた。何て幸せなんだ、誰もが！

ある者は彼に言った――

「いやあなたはこんなに長くフランスに住んでるじゃないですか！……そうあなたはほとんどこちらの人ですよ！」

彼にとってこの言葉〝ほとんど〟は説明し難い思いと、苦い経験の世界を含んでいた。彼には友人も、味方も、親戚もいなかった。ここにいる権利を自分に感じさせてくれるものが何もなかった。心ならずも、彼は地下から這い出た獣のように自分を見た。至る所に罠を嗅ぎつけ、自分の歯と爪を研ぎ澄ます。それだけが自分を助けると知っているから。

地下鉄の通路で、あっちこっちから押してくる人混みの中で、彼は一瞬立ち止まり、ポケットから手紙を取り出し、熱心に読み返した。

親愛なるドクターへ

今月二十三日付けのあなたの手紙への返答として、あなたが私から借料し、小切手で支払いを約束された金額の支払いをもう一度延期することは不可能であることをお伝えします。私は適正な利子以外得ていません。あなたが定められた日付けに小切手が払い込まれるよう必要な事柄をきちんと果たされることを期待します。

私の息子はラ・クイジーヌを止めました。今、彼は完全に回復しています。サナトリウムは素晴らしい所でした。しかしそれにどのくらい費用がかかったか、私が何らかの方法で、その埋め合わせをしなければならないことは、ご理解いただけますね。彼は靴工場で職を得ており、そこでの評判はとてもよろしいようです。

好シーズンです。多くの外国人を迎えていますが、引き換えに、社交界の質はひどく低下してしまいました。客としてあなたがご存知のエリナー・バーネットがいます。彼女はワルド氏と同棲しています。自分と結婚させるでしょう。彼女は現在パリにいます。私がお薦めするように、もしあなたが彼女をお訪ねになりたければ住所は以下の通りです。ヌイイ＝シユル＝セーヌ、ビノー街二十七番。

親愛なるドクター、私はあなたに非常に忠実な者です。

アンジュ・マルティネッリ

ワルドは愛人のために、ヌイイに、庭園に囲まれた屋敷を借りていた。

「今日は大勢の方をお迎えします」使用人が信頼と親愛の口調でダリオに言った。このワルドの召使はマルティネッリをよく知っており、どうしてダリオがこの屋敷に来たのか分かっていた。

「七時から九時までカクテルをお出しします。奥様は身支度をしておいでです」

「どうか」ダリオは彼の手を握りながら言った。「バーネット夫人に必ずお目通り願いたい。長くは引き止めませんよ」彼は言い添えた。

そうだ！　長くかかる話じゃない！　ウイかノンだ。それで出て行ってやる。で、それからは？　どうする？　残った頼みの綱はもう二つだけ――エリナーかシルヴィ……エリナーは確かに彼の援助に借りがあった。もし小切手が不渡りになったら、彼にとっては監獄、恥辱、キャリアの終わりだろう。独り身なら、空しく屈辱的な人生で、彼には監獄の方が良かったかもしれない。

〝だが俺は一人じゃない〟彼は絶望して呟いた。

やっと、彼はエリナーの家で、小部屋に通された。彼女の衣装を入れておくらしく、壁には戸棚が取り付けられ、かすかに香水をつけた毛皮の匂いがした。彼は長い間一人残された。それから小間使いが入って来た。彼女は引き出しを開け、モロッコ革の箱から黒い紙で包んだ金色の短靴を取り出した。ダリオは富の徴を全部捕え、都合よく解釈しようとして、貪るようにそれを見つめた。

エリナーが現れた——すらりとした娘で、ほとんど透き通るような柔らかい生身の下で動く鋼の筋肉、赤毛、きつく鋭い目をしていた。歩きながら爪を磨いていた。じりじりして不安そうに見えた。

「お会いできて嬉しいわ、先生、でも……」彼女は切り出した。

彼は藪から棒に、ほとんど横柄に遮った。

「頼む、俺にしゃべらせてくれ。俺はひどいことになっちまってる……不本意だろうが、あんたにその責任があるんだ」

彼は事の次第を話した。彼女は平然としゃべらせていた。

「頼む、その金を出してくれ！　今のあんたの立場なら……」

「あなたは私の立場を知らないわ」彼女は言った。

「聞いてくれ！　俺にはあんたしか望みがないんだ……どういうことか分かるか？　不渡り小切手だ、監獄だ、恥辱だ。俺は一文無しだ。右往左往してる。長い間病みついちまった。誰も俺に金を払ってくれん。何にもよこさないばかりか、俺が厚かましく貸した金を要求するって怒りやがる。俺の客は貧乏人、そりゃ本当さ。みんなが約束する――「来月は、先生……」だが俺にしてみりゃ明日、明日なんだ！　あんたが俺の最後の頼みの綱なんだ！」

「あなたにどんな危険があるの？」

「監獄さ」

「軽い苦しみじゃない」

「そう思うのか？」彼は憎しみを込めて彼女をにらみながら尋ねた。

〝幸せで、金持ちで、満たされて、もう一人の女性を身ぐるみ剥がして、そいつが俺を馬鹿にしやがる！　俺を助けるために何一つしない。一言もない！　ムーラヴィネの子どもを孕んだ時、こいつはこんなに偉そうじゃなかったぜ！〟彼はとうとう言った。

「台なしのキャリア、女房子どもの悲惨。軽い苦しみたあ、よくも言ってくれたもんだ！　だがな、俺を追い払うのはやばいぜ。誓ってそうだ、エリナー。俺は忠実な友にも、容赦ない敵にもなれるんだ。今日の俺の弱さも、貧しさも信じるな。いつか、あんたはきっと俺に泣いて援けを求める……もう俺がしてやったみたいにな。いやだと言うな！　俺の人生がどう変わるかあんたにゃ分からん、あんたの人生だって……あんたは、俺と同じで、どん底から出発した。どこに行き着くか分かってるし、どんな災難があるかも知ってる。いつか、あんたを助けられるのは俺だ。あんたが辿る道はつるつる滑って、落とし穴だらけだ。それでゴールは遠い。絶対無益に敵を作るな」

彼女は本心の見えない冷たい笑みを浮かべてうなずいた。

「あなたは施しを乞うよりそんな風がいいわ、私、そっちの方が好きよ。先生、信じて、私、あなたがしてくださったお世話には感謝してるし、本当にあなたに友情を持ってるの。ワルドにはあなたのことを褒め称えて話したわ。結局、私たちには共通の思い出があるのよね……辛い思い出、でもそっちの方がもっと強く結びつくのよ」

彼女は化粧台に近づいて、頬と唇を化粧し直した。

「ミモザハウスを覚えてる？　月末にひどいソースで料理した週の残り物を出されて、将軍夫人ともめたじゃない。先生、今なら打ち明けられるけど、あの頃私が興味を持って、好きでさえあったたった一人の男、それはあなただったの、そう、飢えた狼の目をして、女を見るとそれが炭火みたいに燃えるのよね。こんなお世辞、あなたは全然平気で聞けるわよね。私にお金を求める以上のつもりがないのは分かってるわ。何よりまず、あなたはワルドの奥様をあんまり愛してるから……」

「黙れ」ダリオは乱暴に言った。

彼女は最後まで言った。

「それにあなたはご存知だから……」

「あんたはそんなことじゃびた一文払わんと？」ダリオは言った。「分かってるぜ。俺はあんたを知ってるんだ」

「私、お金はないのよ、ダリオさん。ミモザハウスの時みたいにお呼びしていいかしら？　私、ワルドの愛人よ、妻じゃないわ。ワルドはこの世で最高のエゴイストよ、それにむちゃくちゃをやるけど、最高にけちなの。自分のためなら、そう、高すぎるものなんて何もない！　でも他人のためとなったら！　ここには何一つ私のものなんてないの、ドレスの他には。屋敷も、家具も、それに……」

彼女は彼に宝石を見せた。

「これが分からない？　ワルド夫人のよ。出て行く前にあの人は夫にこれを残したの。彼はシヨーケースみたいに私をこれで覆って、飾り立てるの。まるで生きた看板みたいに。それがいい広告、会社のマークなのね。だけど彼のものだし、昼か夜のご用が済むと、金庫にしまっちゃうのよ。もし彼と残るなら……」

「愛によってか」ダリオは皮肉に言った。

彼女は肩をすくめた。

「真面目にお話ししてるのよ、あなた。もし彼と残るなら、私と結婚させたいから、その時は……とにかくワルドの会社を手に入れて、それで……でも今のところ、ただの夢だわ、現実は何千フランは自分で苦心して貯めたけど、それじゃあなたをちっともお助けできないわ」

「分かった」ダリオは言った。「あばよ、俺は行くぜ」

彼は彼女の手を握った。彼女は一瞬彼を引き止めた。

「まだ凄い熱じゃない。ひどい病気だったの？　どうなさるの？　行かないで。今頃どこへ行くの？　遅いじゃない。今晩迎える人はいないでしょ。ここに残って。後で話すわ。一つプランがあるの、計画が……それで、あなたなら私の役に立ってくださるわ」

彼は肩をすくめた。

「あんたのパーティーに出ろと？　よしてくれ！　俺を見てみろ！」

「何が？　あなたの服装？　でも誰がこの家に来るかご存知？　あなたを見る人なんか誰もいやしない！　あなたはこの世界をご存知ないの！　明け方から酔っぱらってるのもいれば、あなたみたいに、まだ手にしていない千フラン札、金持ちの情婦か出資家を見つけるためにここに来る連中もいるわ。残って、残ってよ、私を信じて」

「それがあんたに必要なご奉仕か？」

「そうだわ」

「そのために……あんた、払ってくれるのか？」

「現金？　何にもないわ。でもね、手を組んだら私と同じくらいあなたにもお得なはずよ、残ってよ、ダリオさん」

ダリオは一瞬ためらった。

「分かった、待とう」彼は言った。

15　いかさま治療師

そこには皆揃っていた。ダリオがニースの短い滞在中に見かけた者たち、あれ以上変わらないところで、十年、十五年、二十年、死か監獄に捕まるまで同じ顔つき、同じしかめっ面をした同じ端役たち、同じ面々が姿を現すのが見えた。（監獄ですめば、彼等はまた戻って来る。波が絶えず浜辺に投げ出してはまた捕まえる難破人の死体さながら）

ダリオはカーテンの後ろに半分身を隠して彼等を眺めた。疲れてぐったりし、冷えたシャンパンでぼおっとしていた。食べられなかった――不安で喉が詰まり、ロシア風に並べられた食物の全てが胸につかえた。（エリナーの最初の結婚はアメリカ風にスラヴ色が奇妙に混じっていた）

ワルドはエリナーのために、ビノー通りに家具付きの館を借りていた。おそらく以前は、出て行ったか破産したフランス人一家のものだった。ダリオは自分のいる部屋、大きなフランス窓、円形の広間のデザインに上品な均斉、感じが良く同時に堂々とした雰囲気を認め、ヴァレンヌ街の広間を連想した。

彼は身動きせず、雑踏を眺めた。無邪気な者、素人、フランス人なら思うだろう――〝ここにいるのは楽しんで、踊って、飲むことしか考えない豊かな人たちだ！〟

だが彼がここで目にした者たちは誰一人楽しみではなく、エリナーが言ったように、生活の糧を求めに来ていた。彼のように、正に彼のように。

そもそも、多くの顔が、彼の顔のように、見覚えのある、がつがつして、厚かましく、不安気な雰囲気を持っていた。ここにはどれだけの同類が！……どれだけの兄弟が！

密かな嘲笑、男の深い苦さを込めて、彼は思った。自分の恥ずべき赤裸々な魂を見る時、その苦さだけが痛みを和らげる。

〝そうだ、実際、こいつらは兄弟だ。こいつらも、フランス人が想像だにしない異邦の地からやって来たんだ。この俺、ダリオ・アスファールはその全てを知ってる。こいつらが出て来たぬかるみの中で、俺は転げまわっていたんだ。同じ苦いパンを食った。同じ涙を流し、同じ欲望に震えたんだ〟

彼は薄く笑った——フーン！　俺は自分が一人だと思っていた！　ここに俺の家族が！　なんと今夜まで知らなかった兄弟たちがいるとは！

〝もしこいつの肩に触ったら？　ぎくっとした身震い、押し殺した叫び、俺にはそれが分かる、なにしろそいつぁ……俺のもんかもしれん。お前は俺が自分を捕まえに来たと思うかもしれん。そうだ、そんなにでっぷりして、栄養が良さそうなお前、宝石だらけの女の肩を肉欲じゃなく、控え目で粘っこい期待を持って見ているお前……俺はお前を知ってるぞ——お前はテッサロニキ（訳注：ギリシャの港湾都市）の出だ。俺たちのおやじは港で一緒に働いたんだ。小さな宿屋で闇商売をやり、同じ安酒場で飲み、黒海の小さな貨物船で油まみれのカードでいかさま賭博をやったんだ。でお前は？　お前はどっから来た？　ブカレスト（訳注：ルーマニアの首都）か？　キシナウ（訳注：モルドバの首都）か？　シリアか？　パレスチナか？　お前、お前とはワルシャワで会ったぞ、雪の中で、靴底に穴が開いて、外套もなくて、お前か、それともお前の兄弟か……寒さで膨れたお前のその赤い手はあの頃のままだ。暖房機の優しい温もりがあったって、マニキュア師が手当したって。そうだ、お前の手、凍てつく風の中をさまよう時のように、薄いラシャの服の下で、寒そうに曲げたお前の貧相な背中、俺はそいつに見覚えがあるんだ！　お前、もし俺がお前にオデッサと港近くの売春街のことを話したら、美青年、そしてお前、ブルネット美人、あんたは無邪気な子どもの頃の環境を覚えているだろう……お前、有名な資本家、大臣たちの友だちで勲章をもらって、お前は飢えたことを決して忘れまい！　お前、シネマの大立者、お前は恐れたこと、盗んだことを決して忘れまい。フランス人たちはお前の中に勝ち誇った悪党を見るだろう。だが俺は、この俺はお前を知ってる。お前は哀れな悲しい悪党だ。お前の値打ちといえば、お前が他人を利用したように、お前を利用できる奴らを金持ちにしてやることだけだ。誰にだって獲物があるんだ、悪知恵と力に応じてな〟

　彼は彼等の中で道に迷った当地の人間たちを見た。薬と女でだめになった劇作家はもう成功しないことを知り、ライヴァルたちに恋の力、浪費癖、きらめく精神を印象づけ――〝彼は落ち目じゃない、昔と同じだ〟と言わせなければならなかった。全ての勝負手で絶えず勝つことを強いられたプロの賭博師を見た。（もし彼が負けたら、あいつの運は変わった。あいつは死んだ方がましだと人は言う）彼はワルドを見た……そして不意に思った。

〝ここで俺が目の当たりにしている全ての奴ら、こいつらを繋ぎ、同類にしてるのは、エリナーが思ってるように、金の必要じゃない、あるいは快楽でもない。そうじゃなく、ずっと持ちこたえる必要だ。相手よりも長く持ちこたえる。弱みを隠す、傷を隠す。なにしろこいつらにとっちゃあタフな神経だけが命を引き出す資本なんだ。永遠の成功を強いられた不幸な連中のなんたる病、なんたる不安、訳の分からぬ恐怖症！　ああ！　もし俺が思い切って……こいつらに必要なもの、それは懺悔を聞いてくれる司祭だ、こいつらの汚れた秘密を知り、話しを聞き、無罪放免（te absolvo）して送り出してやる、なにより悔恨の念なしに満足させてやる誰かなんだ……こいつらに薬をくれてやる！　必要なのはそれだ。彼はそう思った。ワルドの熱い懇願を思い出した――「わしに薬をくれなきゃいかんぞ、先生」そうだ、先ずこいつらの告白を聞く、その次に薬をくれてやる。こいつぁ確かな仕事だぜ。彼は有名な誰彼の名前を思い浮かべながら呟いた。なんでやらん？　今みたいな暮らしを続ける？　倅を自分がそうだったような乞食にする？　なんでだ？〟

彼はエリナーの招待客の群れを眺めた。

〝それにしても、もうお前らに会うことはないと思い込んでいたぜ、がきの頃のぬかるみと悲惨からおさらばした時には。それがこの通り、パリで、パリのど真ん中で、また会うとはな。お前らは一番豊かで、一番うらやまれる部類だ。もしかしたら、軽蔑されてるかもしれん、だがうらやまれてもいるさ、やっぱり！　だったら、この長くて険しい道、空しい努力、勉学、読書、貧しさの一切合切は何のためだ？　そんなもんに全部耐えて何になる？　倅のために同じ運命を簡単に受け容れちまってどうする？　俺にとってただ一つの将来、それはいかさま治療師の将来だ。畑に種を蒔くように、金持ちどもの悪と病を耕してやる〟彼は思った。〝ようし、俺の努力、労苦、それに夢の全てをかけて、もう一度、物乞いして、身を落として、昔みたいにお恵みを期待してやる！　だがこれが最後だぜ〟

熱、音楽、絶えず目の前で変わる顔ぶれは彼の不安を増し、不自然な昂揚した思いをかき立てた。彼がこう考えた時、それは急に消えた。

〝だがそれも全部夢、思惑のままだろう。もし患者が俺の客になってる門番、小間物商人、しがない雇われ人、労働者だけだったら！　捕まえなきゃならんのは、ここにいる連中なんだ！〟

その間、彼は動かなかった。酔った男たちの輪の真ん中に一人の女が見えた。逞しく、化粧が濃く、金髪が解(ほど)けた女はロシア風に踊っていた。一人で、ハンカチを手に、輝く短靴を遠くに放り投げ、ストッキング姿でダンスを終えた。彼はこの女を知っていた。ムーラヴィネ家で見かけていた。女は酔ったふりをしていた。この女も、ここで探しているのは、人にへつらって稼ぐパンだった。

エリナーが、やっと、彼に近寄り、合図した。彼は彼女に着いて行き、二つの扉の間で彼女に言った。

「あんた、俺を忘れてたな！　エリナー」

「いいえ、待って。忘れてなんかいないわ。聞いて、ダリオさん、私、あなたにちょっと提案があるの。先ず、二人の間で話を曖昧にしないためにちゃんと分かって頂戴、あなたにお金を貸すなんて私にとって問題外よ。恋人ならお金をあげるかもしれない、でも友達はだめ。私がどんな学校の出か、あなたはご存知ないわ。ニューヨークの舗道で飢え死にしかける、それで無欲と気前の良さを学べる人間なんていないでしょ。もしかりに、奇跡的に、子どもの頃の私にその二つの気持ちがあったとしたって、ムーラヴィネ一家での実習が、充分それを忘れさせてくれたでしょうね。将軍夫人の側での暮らし、あなたにその教育が充分分かるかしら？　でも今はそれも終わったわ。卒業証書をもらったわ、誓ってそう！　私の番なら、教えるのは向いてるし、それにあそこでのお勉強は忘れられるもんじゃないわ！　さあ、これであなたにも私と同じくらいお得なうまい手、お仕事を提案する用意ができたわ」

彼が口を開くのを彼女は待った。彼は何も言わず聞いていた。俯(うつむ)き、注意深く、密かな計算の表情を浮かせて。彼は人生のある瞬間に魂を占領する奇妙な静けさを感じていた。その時、人は、幸せか、不幸か、そのために自分が創られた運命を垣間見る。自分の中で密かな警告が聞こえるような気がした――〝今、サイコロが投げられる。目を閉じろ。待て。放っておけ〟

「ワルドが神経症に苦しんでるのはご存知ね」彼女は言った。「何年も養生してるけど結果が出ないわ。世間の藪医者が皆しつこく彼に迫るの、彼は最初に苦痛を和らげてくれる医者のところへ行くでしょ、どんな値段を払っても！　苦痛を和らげる、それは可能？　そのこと、それがあなたの仕事よ。あなたがよければ、取引を申し出るわ。目の前でワルドのお金がどんどん流れて、私じゃなく他人を金持ちにするのを見るのはうんざりよ。あなたのところにお金を送れる自信があるわ。でも見返りに、報酬の半分を私に払って。ワルドは医者たちにとって金鉱よ」

「聞けよ」ダリオは出し抜けに言った。二十年前、大きな港の若い流れ者、どんな怪しげな策略も決して恐れぬ者、非合法すれすれの暮らししか知らず、曲がりくねった道しか知らぬ者が話したのと同じ、謎めき、貪欲で、密やかな口調で。「よく聞け！　ワルド一人のためなら、苦もないぜ。ちっぽけ過ぎることだ。あいつ一人じゃ俺を救えん。あいつがどんな金持ちだろうと、どんな気違いだろうと、大した事じゃない。あんたしか得しない仕事さ。だがな、俺があんたに提案するのはこういうことだ。俺に必要なのは患者じゃない、客なんだ。あそこにいるあんたの友人たちは、どいつも極上の獲物だ。あんただってできるだけ俺に要求したいだろう？　まだ無名の、若くて、貧しくて、だが天才的な医者を発見したと言ってみないか？　神経症、機能障害、異常な恐怖症、どんな医者だって、確実には、治すことができん、こいつぁ莫大な、無限の成功分野だぜ。だが保証人がいるんだ！　こう言ってくれる誰かが俺には必要なんだ。〝私を、あの人が治してくれたの……あの人が救ってくれたの！　あの人の所へ行って、あの人の話を聞いてみて……〟ってな。あんたが俺に送り込む金持ちの患者一人一人につき、半分をあんたが手にする、俺自身が報酬を受け取り次第すぐにだ」

「そうね、私たちそうやって腹を合わせられるわね」ゆっくりと彼女は言った。「そうやってお金を手に入れてやるわ。仕立て屋や宝石商、花屋、ネクタイ屋で私の取り分を受け取らなかったら、ワルドの趣味、罪、悪事を当てこまなかったら、あいつのものでいる理由なんかないのよ！あいつは自分ほど強くない人間たちをうまく利用して、苦しめることにかけては本当に天才よ。シルヴィ・ワルドに聞いてみて。もっとも、もし私があいつの妻だったら、自分の利益を守るでしょうけど。でも私はただの愛人よ。あいつの自業自得だわ！」

ダリオは聞いていなかった。最後に哀願の口調で言った。

「エリナー、あんたはこの瞬間が俺にとって何を意味するか知らないんだ！　もう一度頼む、もう一度お願いする、今度の三月まで一万フラン貸してくれ。ただ食ったり、監獄を免れるだけじゃないんだ。女房子どもの問題でもないんだ」彼は小さな声で言った。「破滅、一巻の終わり……だがあんたにゃ分からん！……助けてくれ、お願いだ！　俺を救ってくれ！」

彼女は答えず首を横に振った。

「だめか?」

「だめだわ、ダリオさん」

「俺はおしまいだ」彼は彼女が聞こえないと思ったくらい小さな声で言った。

「いいえ。あなたは自分で思ってるより上手よ。血の中に悪知恵と力を持っているの! 気づいてなくたって! こんなことじゃくたばらない。あなたは自分を救うわ」

彼は彼女と別れた。翌日早々、彼はシルヴィ・ワルドの家に行った。彼女は彼に一万フラン貸し、マルティネッリの小切手は支払われた。

17 治療の始まり

ワルドはダリオの建物を、怒り、希望、それに恐れの思いを込めてじっと見つめた。まだ敷居をまたいでいなかった。ダリオにとっては市民的で上品な、ワルドの目には侘しく薄汚い通りを眺めた。半分忘れていたあのちびの医者、それでもエリナーはいいと言うが、あいつがつまりわしが期待した者、わしを救い、わしに回復と生命をもたらす者、そんなことがあり得るか? ともあれ彼は回復が可能なことを決して疑っていなかった。単に技量を持った人間を見つけることが必要だった。呪言師、祈禱師、魔法使い、幻想家、いかさま治療師、なんだってかまわん!

怒りっぽく、熱い目をしたあの小さなよそ者（彼は今モンテカルロとラ・カラヴェルの自分のベッドに屈みこんだその男の姿を思い出した）、あの外人野郎、あの名もない男は不誠実な人間ではなかった。ある種の不正な実践を拒否していた。それに馬鹿ではなかったし、責任を取ることも知っていた、現にエリナーとは……

ワルドは明らかな悪党と純粋な良心を持つ者を同等に恐れた。美徳と名誉に満ちた学者、慈善家、清廉潔白で偉大な教授、彼はそういう者たちを恐れ、憎んだ。彼等といると、自分が弱く、罪深く、貧しく感じられた。一介のダリオ・アスファールなら彼をもっとよく理解するかもしれない。おそらく彼を安心させたのはそれだった。こんな貧乏医者の前で恥じることもあるまい。ワルドに必要なのはそれだった。彼は目下の者といる時しか完全に寛ぎを感じなかった。そして、ここには正に必要で望ましい結合があった——地位の低さと彼を救うことができる技量（あるいは洞察力）。

彼は気を楽にして建物に入った。管理人に「アスファール先生は何階にお住まいだ？」と聞いた瞬間、やっと疑念と絶望が改めて彼を捕えた。一体何度こんなふうにあっちこっちに行ったことか！　なんという希望が！　なんという失望が！

エレヴェータがあえぎ、きしみ、うめきながら（建物は古かった）のろのろ上る間、ワルドはまたしても、静かに自分の中に侵入し、魂を飲みこむ苦悩と怒りの波に打たれるのを感じた。彼は死ぬことを願った。火のついた服を自分の遠くに投げるように、彼は時折、自身か他人に暴力的で破壊的な行為を振るい、自分を裏切る肉体を放棄したくなった。神よ！　自由であること、強くあること、眠り、働き、楽しめることを！……そしてこの無上の恵みを、貧しくしがない町医者に期待するとは！　確かに、わしは狂ってる……だがエリナーが……

彼はエリナーの頭の良さを信じていた。あいつは冷厳な女だ、無能な奴に丸め込まれるはずがない、確かに！

〝それにわしが回復すれば、あいつも得するんだ〟彼は思った。〝少なくともあいつと結婚するまでは……〟彼女は自分の願望がそこにあることを隠さなかった。なんでしないの？　エリナーの値打ちは認めていた。あばずれだが、冷え切って醒めた心を持ってる。

彼はエレヴェータから出て、もう一度踊り場で立ち止まった。二つの銅板に歯科医と医師の名前が書かれた扉が正面にあった。

ベルを鳴らす前に、彼はためらった。だがその時、自分を知る男、病気の時も健康な時も自分を診て、危機の一つで自分に立ち会った男の前に行くのだと思い当たった。何も説明する必要はあるまい、なんと気楽な！　自分の汚点をさらけ出す必要もあるまい！　自分に診断を下し、場合に応じて興味か、冷たい哀れみで見る科学者の澄んだ眼差しに立ち向かう必要もあるまい。見ず知らずの人間の前で自尊心、幸せな人間の仮面をかなぐり捨て、弱く、裸の、身を守る術もない自分を委ねるあの忌まわしい瞬間を免れるだろう。

彼はようやくベルを鳴らした。開けに来たのはクララだった。だがグレーの上っ張りを着て、子どもをスカートにぶら下げた彼女はあまりにもみすぼらしく、彼は使用人だと思って、自分の帽子を彼女に渡し、質素な狭い待合室に入った。

彼はしばらく待った。坐っていられなかった。窓から窓へ、壁から壁へ歩き回った。夕暮れ時だった。二つの電球が灯された埃っぽい小さなシャンデリアが部屋を照らしていた。

遂に、ダリオが診察室の扉を開け、ワルドに入るように合図し、彼を待っていたと伝えた。ああ！　どれだけ彼がワルドを待ったことか！　ああ、遂にチャンス到来の瞬間だ。ダリオは心の中で、長く待ち望んだ末、切望した獲物が足元に落ちるのを見る時に猟師が覚える、歓喜の騒めきを感じた。

ワルドは、その間に、自分がもっと落ち着くのを感じた。診察に身を委ね、ダリオの質問に答えた。

「エリナーはあんたをえらく信頼しているな、先生」彼は言った。

ダリオは患者と自分を隔てるデスクの向こうの席に戻っていた。そうしてワルドと一定の距離を取ると、暗がりの中の顔つき、前で組んだ両手、不動の体、注意深い眼差しで、彼はどうにか威厳があり謎めいた雰囲気を作ることができた。そして説得力のある穏やかな声、彼はそれを使うことを知り始め、そこから異邦の甲高い響きを用心深く消していた、その声がワルドを落ち着かせた。

ダリオは言った。「エリナーさんが私を知ったのは、私の人生の特別辛い時期でした。その頃、私は半ば悲惨な状態の中で、微妙で難しい、既にあなたのようなケースで多くの患者の苦痛を和らげた精神理論を生み出す仕事を暗中模索していました。おそらくエリナーさんはそれをあなたに話したのではありませんか？」

「精神分析療法でなければいいんだが？　それなら試したがうまくいかなかった」

「違います、違います！　私が発明者だと申し上げたじゃありませんか！　先駆者の常で、同業者には攻撃されています、主として、正にあなたが話された連中、フロイト理論の信奉者には。彼等にもいいところはありますよ。私が出発点としてそれを利用することは認めます。病気の根っこそのものに行き着くためには長い綿密な分析が必要です。しかしそれが見つけ出された時、ただちに回復が起こるとは、私は思いません。治療はその時に始まると思う訳です。問題を素人にも分かる範囲に置くために極度に単純化すれば、私が自己昇華と名づけている問題です」

ワルドの顔にダリオがまだ知らず、後々大勢の患者の顔で見ることになる表情が現れた——期待が入り混じった痛ましい疑り深さ、〝だましやがれ！　面白がらせろ！〟を意味する険のある作り笑い、一方で慎ましくも貪欲な眼差しはせがむ。〝安心させてくれ。哀れんでくれ〟

「あなたが心中密かに汚点、恥、悪と名づけているもの、それはそこからあなたの最も貴重な能力が生まれるすばらしい種子なんです。あなたの苦痛を引き起こす例外的な神経体質、神はそれを、医薬あるいは静養療法、あるいは最良の健康法によって、輝きも飛躍もないありふれた粗野な人間と同じようにしてしまうことからあなたを守ります。あなたはもうフィリップ・ワルド氏ではなくなるかもしれない！　もうあなた自身でなくなってしまうかもしれませんよ！　あなたは他の者たちより卓越している、そういう人として、あなたを治療しなければいけません。あなたはほとんど超人的な仕事の能力、これまで自分に逆らう者を悉く叩き潰した意志をお持ちです。いかがです？　私は間違えていませんか？　よろしい！　あなたの暴力、不安、悪はあなたという存在の同じ貴重な天才的資質の発現に他なりません。その悪を新しい力に変えなければいけませんね。遺伝、教育、宗教的モラルの残滓、あなたがご自身の中で悪いと判断するもの、そのためにあなたにくっついて離れない罪悪感を取り除くことです。苦痛を引き起こすのはひとえにこの罪悪感なんです。重要なのは悪を知ることでは全くなく、それにつきまとい、私たちが根絶やしにしなければならない恥辱感です。繊細な、ひどく疲れる仕事です！　綿密な追及です！　長時間を要する療法の問題だとご理解いただけますね。私はその代償としての回復しかあなたにお約束できません。しかし、忍耐と勇気であなたの内なる自由がまた見つかることをお考えなさい。今のあなたは奴隷です、絶望の淵におられる。ご自分を私にお委ねなさい！　私はあなたのお力になれますすよ」

ワルドは呟いた。

「先生、わしを殺すもの、それは根拠のない不安と怒りの連鎖なんだ。先生、わしだって幸せに静かに眠ることはある。（わしの不眠については語らん。それはまた別の一章だ。地獄だがね）時折、夜中に目が覚める。街中を逃げ惑っているようなパニックに襲われる。最後に残った理性も引き留めてくれん。恐ろしい。何がかは分からない。息も、ほのかな光も、自分の記憶も、夢も。呵責の念に苛まれる罪人だってこんな恐ろしい不意の目覚め、こんな不安、こんな待機は知らんだろう……自分が犯して忘れてしまった罪への懲罰に脅されているような気がするんだ。それから、この不安が怒りに変わる。心を引き裂く一種の内部の怒りで、他人に突っかかる時しか出口が見つからず、そんな時は自分で抑えられない暴力に駆られるんだ。あんたはそれに立ち会ったな。全人生がこの有様だ、先生！　これは生きてるなんてもんじゃない！　先生、わしを援けてくれ！」

彼はひきつった、それでも最後に残った慎みでこらえた顔をダリオの方へ上げながら、こもった、震える声で話した。彼が洩らす一つ一つの欠陥は、もっと恥ずかしいもう一つの欠陥をその中に隠していた。

「私の方法は」ダリオは言った。「詩人や芸術家が本能的に使ってるものと近いんです。彼等は低い情熱をより高い表現に移し替え、そうすることによってそこから最終的に霊的な力の成長を引き出します。我々は精神的要素でそのように働きかけます。あなたは私に胸の内を打ち明けますか？」

「ああ」ワルドはうんざりしたように言った。

心の中で、彼は自分を軽蔑し嗤ったように、ダリオを軽蔑し、嗤っていた。だが希望の恐るべき力が彼を捕えていた。もしかしたら、彼は第一歩を踏み出し、最も困難な言葉が発せられた今、告解の快楽、さらに痛烈な、自分の秘密を隠し、歪める快楽を、あらかじめ、味わったのか？

彼は思った——

〝一度や二度は来てやろう。誰が知るか？　こいつを見放し、他のことを試す時間はいつだってあるんだ〟

ダリオは平静で、威厳を持ち、穏やかであろうと辛い努力をしながら、声を低くして続けた

——

「さて、古典的なフロイト流分析からとりかかりましょう。これは必要な手探りです。最初のショックの概念が得られ次第放棄しますよ。ここで、暗がりのソファーの上で横になってください」

彼はワルドの手を取り、部屋の隅に押しつけた灰色の厚手のリネンを掛けた狭い長椅子に導きながら言った。

「そんなに緊張しないで。何も恐れることはありません。疲れが見え始めたら止めましょう。私を見ないで。目を閉じて結構です。どんな時でも私の方を向かないでください。私はあなたに質問しますが、一つの声、一つの見えない存在、あなたを診断することも、あなたに強制することもできない受信装置に過ぎません。私の方法は強制ではなく、自由の方法です。断念ではなく、満足の方法です。それがあなたの病からあなたを解放するんです。お待ちなさい。信用なさい」

第一回目が始まった。

18　Master of souls

十三年後、ダリオにかかるには高い金がかかった。女たちは彼に夢中だった。彼女たちに警戒を促す者もいた。

〝あれはいかさま治療師だ。流行(はや)ってるし、うけちゃいるが、どこの出か分かったもんじゃないぞ……〟――〝でも世間の、同業者のやっかみだし、悪意が言わせてるのよ、私たちはどんな方か知っているもの〟と彼女たちは思った。

お茶目な帽子を季節の流行に応じて、目深(まぶか)に、あるいは天使の後光風にあみだに被り、勘定に慣れたフランスのブルジョワ女の眼が、オシュ街のアスファール医師の大邸宅の中にある待合室の調度、装飾を見積もった。それは天井の高さ、フランス窓の向こうに見える庭園の奥行、絵画、絨毯の厚みを計り、彼女たちはうなずきながら、互いに言い合った。

「どのくらいの財産になると思う？　この一式で」

「あの方は体の治療をするんじゃないの、魂を治療してくださるのよ」女たちはつけ加えた。

彼女たちは、彼がその一人に打ち明けた言葉、彼が自分に与えた名称を繰り返した――

「私の肩書は〝Master of souls〟（魂の師）です」

彼女たちは診察室の扉が開くのを待っていた。秋だった。茶色や黒のスーツを着て、狐が彼女たちの胸と腰を縛っていた。彼女たちの顎は毛で覆われた細い脚と冷たい鼻面(はなづら)にもたれかかっていた。厚化粧の仮面が、崩れない滑らかな顔を彼女たちに与えていた。だが城壁の銃眼の隙間から火の光が漏れるように、不安げで暗い、あるいは怯えた眼差しの中に魂が姿を現していた。彼女たちは何に苦しんでいるのか？　女たちの数知れぬ不幸。楽しめない。もう楽しめない。ダリオの顧客は主に女性の中から集められていた。珍しくそこにいる男たちは口をきかず、身動きしなかった。溜息さえつかなかった。石と化して、待っていた。寒く、濡れそぼった冴えない十月の一日だった。時折彼等は目を上げて、医師の素晴らしい庭園、木立、小道を眺め、それからまた目を伏せた。ダリオにまだ一度も会ったことのない男たちもいた。時々、彼等の思いは、人が無用な服を捨てるように、自分の肉体を置き去りにしたようだった。心の中でこの部屋の遠く、この日の遠くを彷徨(さまよ)っていた。ある者たちは日常の些末な問題、晩の約束、家庭内の厄介事に拘り、自分の妻や愛人のことを考えていた。他の者たちは明日の心配に耽っていた――財産の分割、相続額、尽きない悩み。ある男は組んだ足を解き、慎ましく悲し気な表情で、疲れた目を延々とこすった。ある男は煙草を取ろうとして、それから自分のいる場所と医師の忠告を思い出した――〝心臓が酷使されています、煙草はお止めなさい〟彼は悲し気に口をすぼませ、空っぽの手を下ろした。この男はそっと唇を動かし、おそらく自分が医師に打ち明けた秘密の言葉を百回繰り返していた。隣の男は、険のある表情を浮かべながら思った。

〝こいつはただのいかさま治療師だ。俺には分かってるんだ。ずいぶん繰り返しそう聞いたぞ！　明日からは偉い医者に、本当の学者のところに身も心も置き直そう。だがそれでも、もしこいつが俺を直したら？……どうしてないと言える？　えらく不思議なことを見た者もいるし……〟

女たちもまた、平静を装っていた。ただ、時間が経つにつれ、（そして時間は極度に長かった）その顔は老け、目は険しくなり、手袋のきれいな革の下で指がきりきりと痙攣するのが見えた。

「美男じゃないのにね……」

「そうね、でもあの声の優しさが……」

彼女たちは一層小声で話した。侮蔑的で注意深い男たちは、もう何も聞いていなかった。時が流れた。蒼ざめ、打ちひしがれて、彼等は顔を伏せた。それから待合室とダリオの診察室を隔てる扉の向こうに足音が聞こえると、彼等は農夫が手を広げて穀粒を盗むと思った時の鵞鳥のように、不安げで、がつがつして、飛びかかるしぐさで一斉に首を差し出した。

遂に扉が開き、敷居の上に、痩身の小柄な男が姿を現した。浅黒い顔色、大きな額、とても大きくて薄い耳、銀色の髪をしていた。患者たちはその濃い髪、上品な顔と疲れた目を貪（むさぼ）るように眺めた。女たちは思った。この人の眼差しは、心の奥底まで読み取るようだわ。彼は軽く頭を下げた。ずっしりしたプラチナの指輪をはめた褐色の手が一瞬赤いビロードのカーテンの襞を持ち上げ、何気なくそれに皺をつけながら、患者を通した。それからカーテンがまた降りた。待合室の中は、もう雨音と掛け時計の打つ音しか聞こえなかった。男たち女たちは辛抱強く待った。

19　漁色家、ダリオ

最後の患者が立ち去ったところだった。八時を過ぎていた。ダリオは仕事机に腰かけ、額を手に載せて休息した。人前で役を演じたせいで、孤独にあってさえ、彼はいつも自分が演技をしているような気がした。一つ一つの身振り、一つ一つの目つきを研究し、役者のように使う言葉、信頼を抱かせ、脅し、解放する決め台詞を稽古していた。この疲れたメランコリックなポーズ、ずっしりした指輪をはめ、グレーヘアの頭を支える手入れの行き届いた美しい手は、他人の気に入り、彼の役柄に相応しいものだった。

彼がいた部屋はすっきりして、荘重で、豪華だった。古い書物、青銅と孔雀石で飾られた文具、分厚い絨毯、古代ペルシャの壺のコレクションを納めた陳列ケース、簡素なテーブルを彩る瑞々しい花。花は電話と患者名、病名を記入した帳面の間に置かれていた。装飾は完璧だった。エリナーが、ワルドと結婚する前、ダリオと友情と共謀で結ばれていた頃、彼にアドバイスし、協力していた。ワルドとの結婚は自然に彼女をダリオの敵にしてしまっていた。だが今ではその種の援助を彼は全く必要としなかった。彼は手に入れる術を知っていた——金も、物も、女も、名声も。手に入れる？　守る方が難しかった。

恐慌の時代だった。それはまともな人々もいかさま治療師も苦しめた。それはダリオ・アスファールの収入を小さな町医者並みに減らしていた。何人かの患者たちは払う時には破産していた。報酬の支払いを年から年へと繰り延べする者もいた。多くの者は急に治ってしまった。もう何もあてにできなかった。ワルド自身、忠実な患者であることを止めていた。五年も来ないままだった。ワルドの事業は、悪しき時代にもかかわらず維持されているようだった。それに彼は昔ほど賭け事をやらなかった。ダリオは、自分たちの方法を剽窃（ひょうせつ）し、他人の妄信につけこむためにそれを利用したと彼を非難する異邦の精神科医たちと同様、フランスの医師たちの暗黙の、あるいは大っぴらな敵意も考慮に入れざるを得なかった。だが一人の患者が出て行き、彼を見捨てる度に他の患者たちが戻って来た。彼は、巧妙さ、経験、自分の恋愛沙汰にともなう威光を持ち合わせていた。実際、その東洋的風貌は、年を取るにつれ、グレーヘアと浅黒い肌のコントラスト、刺すような目の輝きによって女好きする美しさを獲得していた。結局彼はセレブであり、金持ちとして通った。

飢えなくなって以来、彼の中にあった熱烈で悲痛な渇望は女たちに、どんどんより金のかかる女たちの方に向かっていた。近寄りがたいと思える女だけが彼をそそった、だが結局、彼女たちとて、同じように、手に入れるのは簡単で、守るのはさらに簡単だった。秘訣は払って、払って、なおも払う。そしてその全てが保たれていた。女たちは彼の快楽であり、狂気であり、同時に必要な贅沢だった。この邸宅、この庭園、この絵画のコレクションのように。クララは言った――

「どうして絵のコレクションを？」

彼は彼女をなだめて答えた――

「これは売れるだろ……いつか金が足りなくなったら」

だが彼はそうはするまい。彼のような男は、指物師が鉋を、蹄鉄工が鉄床を売れないくらい、絵画のコレクションを売ることができない。彼は自分の暮らしぶりからその値段を正当化した。暮らしぶりが低下すれば、自動的に収入も減るだろう。

ヤシ（訳注：ルーマニアの都市、旧モルダヴィア公国の首都）のユダヤ人で、痩せて、醜く、火のような目をした秘書が入って来て、彼に翌日の面会リストを見せた。彼は書類を調べ、それに書き込みをして、疲れた手つきで折りたたみ、呟きながら秘書に戻した――

「ありがとう、マドモアゼル・アロン。もう帰っていいですよ」

彼女は憧れの眼差しで彼を見つめた。彼は彼女を悲惨から救っていた、他の大勢の貧しい移民の中から彼女を。現に異国で飢え死にしかけた人たちのために、彼はいつでも金か援助を見つけてやった。彼は上の空で彼女の手を握った。彼女は目を伏せ、赤くなった。ため息をつきながらやっと瞼を上げた時、彼女は一人きりだった。アスファールは立ち去っていた。彼はこっそり静かに歩いた。いつも通り、亡霊のように音もなく絨毯の上を滑りながら。

20　我が息子、ダニエル

礼装し、もうじき準備ができそうなクララを待つばかりで、ダリオは息子の部屋に入った。ダニエルは今十六歳になっていた。誕生日が来るたびにダリオは安心感と密かな勝者の気分を味わった。もうじき、ダニエルは一人前の男になる。そう言って何を憚る？　息子の美しさ、才能は父を感嘆させた。彼は強かった。健康だった。スタミナと、並外れた肉体的活力、魅力的で自然な謙虚さ、強靭な筋肉、広やかな胸、美しい金髪を持っていた。百回も、千回もクララとダリオは自分たちの息子を語り、微笑みながら囁いた――

「どっから来たんだろう、こいつは？　誰に似たんだ？　俺たちの子じゃないぞ！　王子の息子みたいだ」

子どもの頃はよく勉強し、いつも一番だったが、二人はそれには驚かなかった。二人を素直な誇らしさで満たしたのは、ダニエルが絶対に嘘をつかないことだった。決して盗みを働かず、約束を破らず、くよくよ泣いたりしなかった。快活さが快かった。時折、子どもだったダニエルがクララと笑って遊んでいる時、父は勉強部屋の扉の背後に身を潜め、そこから、子どもを眺めた。陽気に弾ける笑い、楽しそうな優しい声を聞いた。ところが、彼が姿を現すと、とたんにダニエルは黙ってしまった。息子が自分を怖がり、自分から逃げようとさえするのにダリオは早くから気づいていた。だがずっと、見返り無しに愛することで彼には充分だった……子どもが美しくあってほしい、幸せであってほしい、それ以外求めなかった……

今なお、時々、この広々として、光り輝く、きれいな部屋に入り、美しい顔立ちをした優美な若者が立ち上がって自分に会いに来るのを見る時に感じる歓びの感動、嬉しい驚きに勝るものは何一つなかった。彼は思った。

〝ここに俺の息子がいる。俺の貧しい体からこの白く血色のいい美しい体が生まれたんだ。飢えた俺の種族からこんな満たされた子どもが生まれたんだ〟

舞踏会に行く前に、女が夜の装いをして感嘆させに来るように、彼は異国の勲章をずらりと並べて礼装し、さりげなく言うのが嬉しかった――

「母さんとわしは、ウンテル家で晩餐会だ……」

金持ちの名、セレブの名……だがダニエルはそれを無関心に、ちらりと皮肉に目を光らせて聞いた。

〝ああ！　それも当たり前か！　お前にゃ分からん。生まれながらに、揺りかごの中でこんなものを全部見つけたお前には〟ダリオは思った。〝わしにとってこれが何を意味するか、お前にゃ分からん……よかったな、息子よ。お前には全てが容易(たやす)くあって欲しい、お前には……〟

彼はダニエルの側に坐った。

「何をしていた？　読書か？　デッサンか？　続けろ、わしを気にするな」彼は言った。

だがダニエルは手にしていた鉛筆と紙を放り出した。

「母さんの顔か？」ダリオは女性の顔のデッサンをちらりと見ながら尋ねた。

「違うよ」ダニエルはとても小さな声で答えた。動揺し、苛立っているように見えた。

父が彼の髪を撫でようとした。ダニエルはちょっと身を遠ざけた。

彼は東洋人の長い指が嫌いだった。ダリオは決して香水など着けなかったが、父といると、いつも少年は、そのあまりにも念入りな服装から、浅黒い肌から、ずっしりした指輪をはめた手から、自分の鼻腔まで、〝女の匂い〟が来るような気がした。

ダニエルは俺に抱かれ、キスされるのが、決して好きじゃあなかった、ダリオは悲しく思った。勿論、息子が男らしく、口の堅い冷静な性格であるのは良いことだった。人生において、それこそが切り札だった。

「パパ」出し抜けにダニエルが言った。「今日、デッサンの最中に、あるご婦人が自分の娘を探しに来たんだ。僕の名前を聞くと寄って来て、僕が本当にアスファール医師の息子なのか聞いたんだ……」

「ああ！　そうか」ちょっと眉をしかめながらダリオは言った。

「ワルド夫人っていう名前だよ」

「そういうことがあり得るのか？」ダリオは静かに言った。

彼は一瞬黙り、それから、優しく感動した声で尋ねた。

「あの人はどんなふうだ？　もう若いはずはないが。あの人はとても美しかったんだ。会っていないなあ、あれ以来……」

彼は素早く年を数えた。

「十年……十二年……もっとか」

「そう、あの人もそう言ってた」

「今はどんなふうだ？」ダリオは繰り返した。

「もの凄くきれいな顔をしているよ。白い髪の房が額にかかって、とてももの静かな声で話して……」

「それはあの人の顔か？」ダリオは息子のデッサンの方に手を差し出しながら尋ねた。

「違うよ、パパ」

ダリオはその紙を欲しがるように、ずっと手を開いていた。ダニエルはそれを小さくちぎり、灰皿に投げ捨てた。

21　クララという女

とても長い晩餐が終わった。夜会は長引き、クララには死ぬほどこたえた。クララはひ弱で、くたびれて、病んでいた。彼女の中に本当に間近な死を示すものは何もなかったが、体中が脅かされていた。しばらく前に腎臓の手術を受けていた。肺は虚弱で、心臓には疲労の徴候があった。だがたとえ彼女の痩せ方、目の周りの隈、肌の黄色いシミが誰の目にも明らかでも、彼女は以前通り愛想が良く、元気そうに見えた。彼女が輝かしい夫に従う時、ダリオの顧客、友人、愛人たちの機嫌を取る時、彼に尽くす時、この目立たぬ女性は、どういうわけか、エスプリ、快活さ、皆に対する善意と最高に心憎いお世辞を見つけ出した。だが、時折、夜会の終わりに、彼女は半ば意識を失った。

この晩、夫の傍らで、女主人にお暇を告げるために待ちながら、彼女は姿勢を正し、身動きせず、口元に厳しく辛そうな皺を寄せて、自分を待つ夜、間近な死を思った。他人たちは、夫で医師のダリオさえも、彼女がこれほどの病気とは思っていなかった。だが、彼女は自分の死を、体内に宿した子どものように意識していた。子どもはまだ見えず、内部に隠れていて、その顔立ちも分からないが、神が望んだ日に姿を現すだろう。死は彼女の中に住みつき、定められた期日に出現する他なさそうだ。

彼女は自分の周囲をほとんど忘れていた。そういう事が今は増々頻繁になっていた。いつも警戒を怠らず、人混みの中からいつかダリオを訪れるかもしれない男か女を注意深く見分けなければならない彼女にとって、それは重大だった。必死に努力して、一層居住まいを正した。もうしばらく我慢すれば、夜会は終わるだろう。解放されたクララは、ひんやりして孤独な自分のベッドに急げるだろう。

ダリオが軽く彼女の肩に触った。

彼女は身震いした。その顔に生気が戻り、うっすら頬に色が射したほどだった。彼女は微笑んで、屋敷の女主人に別れを告げた。軽口を飛ばし、ダリオに先立って邸宅を出た。

二人は今車の中にいた。異邦の街路で、人混みの中で恐れおののき、自分たちの惨めな部屋、敵対する宇宙の真ん中のたった一つの避難所へ走った時代のように、二人は優しく互いに身を寄せ合った。車が揺れると彼女は時折軽い呻き声を上げた。だが彼が彼女を守った。自分の腕の中に優しく抱き起こし、彼女を和(なご)ませた。彼はもうじき彼女から去り、他のお楽しみに走るだろう。この瞬間こそクララのものだった。

〝こいつは俺にとことん尽くしてくれた〟哀れみを込めて彼女を見ながら彼は思った。〝黄色いドレスを着たんだな、一番似合う、今でも着映えがするドレスだ。耳に真珠を着けて、こいつは笑った、長い夜の疲れに、またしても、動じることなく耐えてくれた。動悸がしたって、熱があったって、背中に痛みがあったって、注射で薄い肉にかさぶたができた足が痛んだって、こいつは今満足している。自分の務めを果たしたと思っている。分別のある愛情、最もきれいな愛情で愛する男にこいつは尽くしてくれたんだ……〟

彼は彼女の手を取り、口づけした。

「最愛の……愛しい……俺のクララ」

彼女は微笑んだ。彼がこんなふうに言ってくれるなら、何を犠牲にしないだろう？　だが彼女にはもう与えるものが何も残っていなかった。彼女の命そのもの、彼はそれを奪っていた。

「今夜のお前は素晴らしかったぞ」

「私たちダルベルグ家の晩餐に招かれたのよ」

「本当か？　そいつぁ大事(おおごと)だぞ、クララ！」

「分かってるわ」

「いつだ？」

「十八日」

「いやそりゃ無理だ！　夜が全部取られちまう。それじゃ前の晩の我が家の晩餐を取り消さなきゃならんな。いくらお前だって疲れ過ぎて持たんよ」彼は讃嘆と尊敬の表情を浮かべて言った。それが彼女を元気づけたようだった。彼女は居住まいを正した。

「まあ、私に無理ですって？　本当に？　そう思うの？　見ていなさい……あなたは自分の古女房を知らないんだから！」

彼女は微笑んだ。目と歯が輝いた。彼女は決して美しくはなかった、それには程遠かった。だが今でも彼には彼女がチャーミングに見えた、大抵の他の女たちよりチャーミングだ、と彼は思った。彼女を見つめた、恋する男としてではなく――それは無理だったが――一種優しい父親の情を込めて。彼には彼女がダニエルと同じくらい大切だった。

〝それでもきっと〟彼は悲しくはっきりと思った。〝そんなのは全部こいつにとっちゃ何でもないんだ。こいつが俺に望んだのは、軽蔑や嫉妬深い怒りに満ちた恋の欲望だ、俺が感じる、あるいは感じた……〟

だが名前をあげてどうする？　彼女は女たちを悉く知っていた。彼女が知っていることを彼は知っていた。愛撫せずとも、彼は彼女に言葉の讃美を、惚れ込んでいる女の飢えをまぎらす讃辞を与えることができた。

「そうだな、今夜のお前は素晴らしかった……エスプリといい、魅力といい……お前にかなう女なんぞ一人もいないぞ」

「思ってみて、それは分かってる……私、分かってるの、自分で望んだって、注射も痛み止めには充分強くたって」彼女はとても小さな声で言った。「私はきれいな女じゃないって、悲しいけど！　私は決してきれいだったことなんかない、それに年もとったわ、でも親切で愛想がよくて、それであなたに尽くせる女。そんなふうでなくちゃね……私はそれで幸せ、それが私の役目なのね……」

「お前は疲れてる。黙って、休みなさい……ここに頭を置いて」彼は心臓の位置を示しながら言った。

だが彼女はなおもがんばった。

「私、疲れてないわ」蒼ざめながらも彼女は言った。「ドゥラガ家にも私たちを招待させなきゃ。ダルベルグを通せば可能よ。あなたに必要なのはそれ、異邦人よ。あなた、異邦人への診察が足りないわ。特別なケースのことを話してくれた人がいたわ」

彼女は突然話を止め、彼を見て尋ねた。

「あなた……本当かしら？　私、あなたの仕事の役に立った？　あなたの幸せには？」

「そうだよ」

「ダリオ、あなたは偉い学者、偉い人だわ！　私、あなたが誇りなの。あなたは私にとっても良くしてくれたわ……考えてみると……」

彼は自分の腕の中で彼女を揺すった。彼女は夢の底から話すように、ゆっくり話した。車は快適で、静かだった。とは言え、いくらか揺れると彼女は鈍い呻き声をあげた。

「私は貧しい娘だった。教育もなければ、きれいでもない……」

「じゃあ俺は？」くすっと笑ってダリオが言った。

「あなたは別よ……男の人って、私たちよりさっさと高いところまで行っちゃうのね……思い出して、初めの頃、私、テーブルに着くのも、客間に入るのも分からなかったわ。あなたは、何でも本能的に知ってるみたいだった。私が恥ずかしかったこと一度もない？」

彼は彼女の首筋と髪にそっと触れた。

「お前が俺にとって何だったか言わせたいか？　俺は決してお前しか愛さなかった」

彼はそう言って、その瞬間、同時に思った。自分は真実を語った、それは真実の全てじゃない、大部分でさえない、だが真実全体の核心にある、言い表しようのない一番貴重な小部分だと。

二人が家に戻った時、彼は彼女が服を脱ぎ、床に就くのを手伝った。彼女がまどろむ（あるいはそうみせかける）まで、彼は彼女の側にいた。それからつま先立ちで、扉の方に向かった。その時、彼女は目を開け、そっと彼を呼んだ――

「ダリオ！」

「うん」彼は彼女の方に戻りながら言った。

「ダリオ、ダニエルがワルド夫人に会ったってあなたに話したでしょ？」

〝ああ、それじゃお前を苦しめてるのはそれなのか？〟彼は思った。

彼が尋ねた。

「ずっと前からあいつはクロード嬢を知ってた、お前はそれを知ってたか？」

「ええ」

「ダリオ、神様の前にいるように、私に本当のことを言って！　あなた、ワルド夫人の恋人だったの？」

「何を言うんだ？」ダリオは叫んだ。「違うぞ、絶対に、絶対に！」

彼女は答えなかった。

「お前は俺を信じるな、違うのか？」

「ええ……だけど……あなた、彼女を愛したんでしょ？」

「いや違うぞ、クララ！」

「ああ！　それを言うと声が変わるのね……」

「なんでそんな作り話を？　寝ろよ！　お前はくたくただ。ダニエルの命にかけて、誓ってやる、俺は決して近づかなかった……ワルド夫人には……だから……」

「どうして彼女と会うのを止めたの？　一体二人の間に何があったの？」

「あったこと？　一万フランだ、クララ、それだけだ。マルティネッリの借金を払うための金だ。俺は恥ずかしかった。あの人が卑劣な芝居だと受け取らないか心配だった……」

「彼女へのあなたの愛の全てを」彼女は声を震わせて言い切った。

「おれの献身の全て、友情の全てをだ、クララ」

「それで今度、あなた、彼女にまた会う？　ダニエルは凄く彼女の家に行きたがってるわ。どうやって止めさせるの？」

「なんで止めさせるんだ？」

「だってもし、あの子も、彼女を愛し始めたら」

「お前は夢を見てるよ、可哀そうに、クララ！」

「ああ！　私にはもうあの子しかいないっていうこと」クララは静かに言った。

彼女は問い直した――

「彼女にまた会う？」

「いや、そのためには一歩も歩まん」

彼女は歓びに震えた。

「本当に？」

「お前を気遣ってと言えるかもしれん。だが、何よりそれはシルヴィ・ワルドが俺にとって本当に特別な何かだったからだ」彼は声をひそめて言った。

「それとは違う目であの人をもう一度見たくないからだ。恐ろしいことだが、俺はもう女を純粋に見ることができん、クララ！　俺はもう汚点と悪を探して発見せずに人間の魂を見ることができないんだ。クララ、西欧社会への幻想は俺にはもうほとんど残っていない。俺はそれを知ろうと願い、知ってしまったんだ。多分、自分にとって不幸にも、それに他の人間たちにとって不幸にも……」

「他の人間たち？　何のこと？」

「さて俺は何を言ったんだ？　クララ。とても遅くなったな。お願いだ、頼む、黙って、眠ってくれ。見ろよ、お前に必要なものは何でもあるぞ。夜用の水薬も、本も、ランプも。俺にキスしてくれ。楽にしなさい」

彼は部屋を出た。ダニエルの扉の側を通った。照明は消えていた。彼は邸宅を後にした。今、少しづつ本当の生活になってきた部分が始まった。昼の生活は真夜中に生まれ、あっという間に逃げ去るとりわけ貴重なこの数時間を得るためのひどく疲れる労役に過ぎなかった。彼は若いロシア人の愛人、ナディーヌ・スークロチネの家に行った。彼女の時代も長くはあるまい。やがてもう一人が来るだろう。さらにまた、もう一人が来るだろう。彼はパリで〝あいつのハーレム〟と呼ばれた贅沢を確保するために、厄介な金の必要から抜け出せず、もがいていた。あいつらなんかになんで分かる？　生温い血をした全てのフランス人どもに。女たちは変わった、だが快楽は忠実なまま残った。

22　凄腕の使者

ムーラヴィネ将軍夫人はオシュ街の敷居をまたいだとたん、その建物と庭園と同じくらい陰気でもったいぶった顔をした女中に止められた。

「今日は先生の診察日ではありません、奥様」

「先生はご在宅でしょ。彼は私を迎え入れてくれますよ」ムーラヴィネ将軍夫人は女中を押し返しながら言った。「彼に私がナディーヌ・スークロチネ嬢の代理で来たって伝えて」

女中は、治療は受けるが人目を嫌がる患者たちのための小さな待合室に彼女を通した。将軍夫人は痩せて髪の毛は白かった。

彼女は長い間辛抱強く待った。眉をしかめ、部屋の絵画、高い天井、陳列ケースを順々に眺めた。立ち上がって窓の側に行き、庭園の長さを目測したようだった。確かに、ダリオ・アスファールは大いに稼いでいた。でもなんて馬鹿げた出費かしら！　丁度その時、やっと、扉が開き、ダリオの部屋に案内された。

「またお目にかかれて嬉しいですわ、先生」

彼は歓迎の言葉をいくつか呟き、丁重に付け加えた。

「患者としてお見えになったのではないようですな。お顔の色は素晴らしいし、今日は私の診察日ではありません。ともあれ、古いお友だちとまたお目にかかれて嬉しいですね」

「そうね、先生。しかもいつもあなたに心から好感を抱いていた友ですわ」

「将軍の近況をお尋ねしてよろしいですか？」

「神様が私の元から召されましたわ、一九三二年、ロシア正教のクリスマス（訳注：一月七日）でした」

「本当に？　で、ミテンカは？」

「ミテンカ？　あの子はちゃんとやっています。自分の道を行ってますわ。あなたの昔のお友だちの一人、アンジュ・マルティネッリが今度、ニースでナイトクラブを開きました。私の息子はそこの芸術監督なんです」

「それはよかった。ミモザハウスはもうないんですか？」

「将軍が死んでから、私は主に事業をやっています……あらゆる種類の……できるだけ色々と。その事業が間接的に、あなたと関係がありましてね、先生」

「さてさて？」ダリオは呟いた。

彼は平静に見えた。テーブル上で静かに両手を組み、指にはめたずっしりした指輪をまじまじと眺めた。彼には石がくすんで見えた。その光る表面に軽く息を吹きかけた。

「女中に名前をおっしゃいましたね？」

「ナディーヌ・スークロチネ嬢の名前ですわ……」

「なるほど、その若い女性には興味がありますな」

「私と会ってさぞ驚かれたでしょうね、でも……」

彼は彼女を遮（さえぎ）った。

「ちっとも驚いていませんよ。あなたのことは耳にしていました。あなたが手広く事業に携わっておられ、その中で今でもまだ……一時的に困っている人たちに資金を融通されることもよく承知しています。つまり、私が喜ばしくもあなたの知遇を得た時、あなたはもうその職業に一歩踏み入れておられた。とは言え、あなたには保証取引を、債務者のためにもっと……都合よく援助していただきたいものですな」

彼女は肩をすくめた。

「まあ！　先生……昔はね、私、自分のお金を貸していたんです。それだったら拘りますよ。くっついたら、簡単に離れるもんじゃありません。でも、この頃、私は主として私に全幅の信頼を置かれるグループの代理人として活動しています。私は、どう言おうかしら？　仲買人か、もっと言えば外交員ですわ。あなたのおっしゃる一時的に困ってる人たちと資本家を結びつける役割を果たしています。でもその種の仕事ばかりやってる訳じゃありませんよ。繰り返しますが、時折デリケートな使命を負わされることもあるんです」

彼が口を開くのを彼女は待った。だが彼は黙っていた。指輪を外し、照明に当ててきらきら光らせた。

彼女はとうとう言った。

「私、実を言うとナディーヌ・スークロチネ本人の代理で話しに来たんじゃありません……そうじゃなく彼女の家族の代理ですわ……彼女は十八ですよ、先生。ちょっとばかり……若い……そうはお思いにならない？」

「思いませんな」ダリオは微笑んで、緑の目、素晴らしい肢体をした娘を心中思い描きながら言った。五ヶ月来、彼の愛人だった。

「あなたがご家族をご存知なら、私同様、十五歳で彼女が既に流通していたことをご存知でしょう。あえてそんなふうに言うならば……」

「先生、あなたは名士の、かつてのサンクト・ペテルブルグの公証人のご息女の話をしているんですよ」

「あの子のことでどんな心づもりがおあり？」

「ありうることですな」ダリオは無関心に言った。

「ささ、て、親愛なる奥様、悶着を起こさないために家族が何をお望みかおっしゃる方が簡単なのでは？」

「あなたが誘惑した若い娘に相応の金額を認めることよ」

「五ヶ月でナディーヌにいくらかかったか分かりますか？　マルト・アレクサンドロヴナ」

「あなたは大変なお金持ちじゃないの、先生……」

二人は黙り込んだ。

「いくらです？」頬を手に載せてダリオは尋ねた。

「百万ね」

ダリオは静かに口笛を吹いた。

将軍夫人は自分の肘掛け椅子をダリオのそれに近寄せ、突然、親し気な声で言った。

「先生、あなたは恐ろしいドンファンだわ！　昔はそんなじゃなかった！　私があなたを知った時、あなたは最高に忠実な夫、最高に優しい父親だった……ミモザハウスに住んでたダリオ・アスファールと、今見てる人を思うと、夢かと思っちゃう……あれ以来、あなたのことは随分耳にしたわ、先生。恐慌の前は狂ったような額を稼いだそうね。それにラ・カラヴェル、ニース一きれいな地所を買って。だけど、あれをどうするの？　住むのは年に二ヶ月。維持費だって途方もないでしょ」

彼は答えず、唇を引き締めた。二十年前、ラ・カラヴェルの入口で自分を捕えた魅惑は彼の心からまだ消えていなかった。ダニエルが疲れているように見えたり、パリがあまり雨の多い季節になると彼をそこに行かせるが、自分が年に数週間しかそこで過ごさないのは確かに事実だった。だが、シルヴィの屋敷に所有者として入る瞬間のためなら、彼は一財産差し出しただろう。彼はそれを差し出した。ラ・カラヴェルはあまりに重い負担だった。パリの館同様、抵当に入っていた。ああ！　いつになったら追い詰められて、自分から逃げていく金を絶えず追いかけ回すのを止めるんだ？　結局いつになったら金のことを考えずにすむんだ？

彼女は高利貸し、弁護士、医者、他人を糧にして生きる人間に共通の鋭く、冷たい職業的な注意深さで彼を見た。小さな声で言った――

「恐慌以来、あなたの資産が減ってることも知っているわ、誰しも同じように、先生、誰しも同じようによ」彼女はため息をつきながら繰り返した。「それでも必要なものは増え続ける。今度はこのナディーヌ・スークロチネ……」

「私はああいう天使の顔をしたあばずれが好きでしてね」彼は呟いた。

「なんて恐ろしい！　ほんとになんて恐ろしい！　あなたの言い草なんて聞きたくもないわ」

「マルト・アレクサンドロヴナ、この件はあなたの手の中にあります、妥当な金額で話をつけてもらえますか？　お骨折りは認めましょう、その点はご安心を……」

「でもそんな問題じゃないわ、先生。私、スークロチネ家とは古い友情で結ばれているからそこの務めを引き受けたの。凄くご立派な方々だわ！　とっても高潔で、とっても団結して、とっても気高く逆境に耐えているのよ。ナディーヌより下の子が四人もいて。それで父親の踏みにじられた名誉、母親の悲嘆を考えたら……ふん！　あなた、私が誰だと思ってるの？　先生」

ダリオは肩をすくめて呟いた——

「どんなに下劣な立場、恥ずべき立場でも、敬意を求めない女性というものを私は一人として知った験しがありません。たしかに拒否するのはあなたのご自由だ。この交渉とそれに関わる手数料は誰か他の人に申し出ることにしましょう」

「先生、なんであなたは私を敵扱いなさるの？」

「私が？」

「そうですとも。あなたは知っていたはずよ——私が頼んだから、ナディーヌはあなたに何度も言ったでしょうが——私が貸しつけをやってるって。で、あなたにお金が必要だったことは分かってるわ。あなた、私に相談できなかったの？」

「その種のことを思えば、私たちの最初の関係は有終の美を飾れませんでしたな、マルト・アレクサンドロヴア」

「あの頃あなたは惨めな小僧だった。今やパリの王様の一人でしょ。さあ、先生、私におっしゃい、率直に、友人同士として、最近の貸しつけ、いくらの利率で合意したの？　十ヶ月前」

「何でもご存知ですな」努めて笑みを浮かべダリオは言った。

「それが私の仕事よ。さあ、あなたが相手にしたのは暴利を貪る連中よ。私、十二パーセントに賭けるわ」

「十一ですよ」

「私なら十パーセントでお話に乗れるわ、お得な貸しつけでしょ。あなた、この気の毒なスークロチネ家の話で、新しいお金が必要でしょ。それ以外にね、私たち、もしあなたがお望みなら、素晴らしい仕事ができることを知ってるの。あなたが必ずまた浮かび上がれて、結果として、私たちの立て替え金を返してもらえる仕事よ」

「何がおっしゃりたいんで？」ダリオはゆっくりと言った。

「私に対して色々な使命を負っておられるようですが、マルト・アレクサンドロヴナ」

「一つのことが他のことを要求するわけよ、先生」

「率直に話しましょう。あなたは私に時間を失わせるにはお上手過ぎる女性だ。サンクト・ペテルブルグのかつての公証人一家の名誉をいくらと評価するんです？（最終的な値段ですぞ！）」

「八十万フランで交渉を引き受けましょう。自分には手数料の名目で五万フランしか求めません。私たちの昔の友情に免じて。十パーセントでそのお金をあなたに貸しつけましょう、一番妥当な利率よね。それから別の話だけど……ある人が私に頼んだのよ、あなたが自分の名前を思い出すようにして欲しいって。その人、昔あなたをお助けしたし、もう一度お助けできるそうよ、もしあなたがある計画に手を貸して、いくらか利益を手にしたければ」

ダリオは疲れた長い瞼（まぶた）を指先でこすった。

「エリナー・ワルドの話ですね。しかし彼女はワルドとの結婚以来、敵に回ってしまいましたが」

「あなた方は二人とも同じ栄養源で生きていたわね」将軍夫人はため息をつきながら言った。

「彼女がワルドさんの愛人じゃなく正式の妻になってから、全てが変わったのね」

「彼女は私に何を望んでるんです？　さて？」ダリオは無関心を装って尋ねた。

「どうして私にそれが分かります？　先生。どうして分かると？　彼女に会いに行って。素晴らしく頭の切れる女だわ。言っときますけど、彼女が家族の一員だった時、私が彼女に持っていたわだかまりはきれいさっぱりなくなったの。私は彼女のいいところを認めています。考えてみて、とにかくワルド夫人で……それに全てを取り仕切ってるのは彼女だってご存知？　だってワルドさんは今はもうどんどんおかしくなっちゃって。ずっと長い間、スイスで治療を受けてるの。何にもやってないわ。悪いことに、時々、野心が甦（よみがえ）るの。いつまでもワルド氏、偉大なるワルド氏のままだって証明したがって。そんな時は気の毒に、あの人がやり散らかしたことを整理するのに、エリナーがひどく苦労するのよ」

「しかし、あなた方お二人がご親密とは真に感動的ですな！　一種毛嫌いされていたことを覚えていますが……」

「ミテンカのことがあったからよ、目に入れても痛くなかったから！　今は息子も結婚しました。二人のきれいな子どもだっているのよ。母親の嫉妬なんていう感情問題はもうエリナーと私の間にはありません。チャンスがあれば、お互い役に立ち合うわ……私はつまらない女、でも働き者よ。二人の昔の友だちを仲直りさせたり、微妙な取引を解決するためなら、どんなにお世話をしても、どんなに駆けずり回っても何でもありませんわ……エリナーはそんな噂を耳にして、何度も私を使ったわ。最初は彼女の結婚の時。そうね、働き者で実直、それが私にぴったりの評判だわ。私は貧しいやもめです。骨惜しみせずに頑張りますよ、年だろうと、病気だろうと」彼女はしゃがれたため息をつき、両手を喉元に運びながら言った。

「喘息の発作でまいってしまうわ、先生。私、客としてあなたに会いに来ます、いつか。でもあなたはもう一般の医療はなさらないの？　さあ、直ぐ行きましょうね、先生。ところで奥様はお元気？　あなたのお子さんは？　まあ、もう十六歳！　神様！　なんて時間が経っちゃうのかしら！　ああ！　子どもたち、私たちの十字架にしてこの世の慰め！」

23　共謀

過去が男の人生に再び姿を現す時、それは決して一つの面影だけではなく、友、愛、忘れていた後悔を全て一繋がりに送り込んでくる。

困難な歳月の全ての目撃者、当事者を出現させたのはシルヴィの名前だ、とダリオは思った。困難？　今日ほどじゃない、もしかすれば……またしても、彼は借金にまみれ、追い詰められ――敵、競争相手に狙われ――名声の威力でしか身を保てない状況にあった。そして名声は金で買えた、そして金は……

ダリオは前の晩エリナー・ワルドに面会を求めていた。今、彼女の家に向かっていた。〝疲れるが、用心してかからなきゃならん〟ダリオは思った。〝あのエリナー、昔は率直で乱暴だったが、今は慎重な気配りと嘘で自分がもっていると思っているに違いない。悪魔が女どもをかっさらう！〟

一度としてエリナーを女として考えたことのない彼が、欲得ばかりか、特別な好奇心によって彼女の方に駆り立てられたのは不思議だった。彼は今、一人一人の女が一種奇妙な苛立ち、自分の力を自分自身に証明したいという欲求を内部で目覚めさせるほど、愛欲に取りつかれていた。

エリナーは直ぐに彼を迎え入れた。紫の長い室内ドレスを着ていた。彼女が一番好きな色で、それが流行りの、千九百年風に額の上で巻いた彼女の赤毛を輝かせていた。彼女は以前より痩せていた。十三年の間に老けていた。横柄さが減り、自信が増していた。滅多に笑わなかったが、口紅を塗った薄い唇が口の片方からめくれ上がって鋭く長い歯の輝きが見えるぶっきらぼうで奇妙な微笑みはそのままだった。

「先生、私、フィリップのことであなたをお呼びしたの」彼の手を取りながら彼女は言った。「あの人ひどく落ち込んでスイスから戻ったのよ。あなた方の間にいさかいがあったのがとても残念だわ……」

「いさかいとは言えんよ」ダリオは苦笑して言った。「いきなり棄てられたという方が現実に沿ってるな。ある日、彼は私から去った。翌週私は彼を待った。彼は姿を消したというわけさ」

「可哀想なフィリップ！　彼の気まぐれはご存知よね！」

知らず知らず、そしてエリナーの偽善的な言い回しにあらかじめ嫌気がさしたにもかかわらず、ダリオはこのやり取りに、一定のルールに従ってゲームを演じ、慎重に、少しづつ真実を明らかにし、それを交互にちらつかせたり隠したりするほとんどスポーツの愉しみを見つけていた。それは彼が生きてきた東洋のゲーム――駆け引き、物々交換、交易――だった。

「そうだな、可哀そうなフィリップ氏か！　彼はどうしてる？　奥様」

「実のところ、私、彼が心配なのよ」

「恐怖の発作がぶり返した？」

「悲しいけどね！　それが全然止まらないの」

「それでも回復は感じられたんだが、彼の状態に、私が治療していた時……」

「先生、私は素人だし、無知でか弱い女よ。あなたには確かに、深く敬服しているわ。あなたの治療、あなたが創造された有名な理論を評価するとも、理解してるとも言わないけど、あなたの同業者たちが手厳しく批判したって、あなたから何も学んでいなくたって、そこにすばらしいものがあることを、私は決して見誤らないわ。十三年前、あなたが駆け出しの頃、先駆者を目の前にしているとは確かに気づかなかったけどね。先だってフロランス・ド・レイとバーバラ・グリーンに会ったの。あの人たちはあなただけと決めてたわ……でも話を夫に戻すけど、こうは思わない？　彼には休息、単純な肉体の休息が、あなたが確か自己昇華と呼んでいる精神療法と同じくらい必要だって。あなたはフィリップにアルコールも、賭博も、女も決して禁じなかったわね」

ダリオは半ば目を閉じた。

「遊蕩、賭博の強烈な興奮は病める魂の病的執着のある種のはけ口なんだ。素人には理屈に合わず、不道徳にさえ見えかねんがね。しかし、当然ながら、治療は初めから終わりまできちんと遂行されない限り判断できるもんじゃない。しかるに、フィリップ氏は何をしたか？　あんたは私と同じくらいそれをよくご存知だ。彼は不承不承、年に数週間治療に従った。あの病を根本的に摘出するためには、何年も中断せずに、一貫した治療が必要だったにもかかわらず！　それが私の学説上の信念だ。その代り、患者は何をやったか？　いきなり姿を現して、治してくれ、妄想から、悪夢から自分を解放してくれと懇願するんだ。しばらくすると、三、四週間で、もう絶対だめさ！　姿を消すのに、仕事や私に対するあんたの反対を言い訳にしたがね。一年以上そんな調子さ。私の働きと彼の短い我慢の成果を帳消しにするにはこの不服従、それだけで充分だ。私の理論では、患者は自分の魂を医師の手の中に投げ出さなきゃいかん。何度も言うが、長期に渡る、間断ない治療だけが効果を可能にするんだ」

「先生、あなたが普段しているような自由に満ちた治療は彼には効かないわ」

ダリオはうなずいた。少しづつ、年とともに、表情がよく変わるレヴァント風の顔は仮面の穏やかさ、平静さを獲得していた。唇も震えなかった。手を組み、指の先端を合わせ、その上にあごを載せていた。半ば目を閉じていた。エリナーは静かで坦々とした声で話したが、細かな汗粒が化粧したこめかみを伝い、心中を明かしていた。

「先生、彼が大変な利権を代表しているのはご存知よね。一九二〇年にはフィリップみたいな……天才的で滅茶苦茶な男が事業のリーダーになれた……でも一九三六年には？　繁栄の時代なら宣伝になる全てが、スキャンダルさえ、彼の役に立ったけど。でも今は……彼はもう何年も人の口に上っていないわ。もし彼がまた馬鹿なまねを始めたら、あの人、私たちを破滅させてしまう。お医者様は聴聞司祭だし、私はあなたを信用してるけど、会社はもうひどく危ないの。持ち直すには猛烈に働くしかないけど、フィリップにそれは無理だわ」

「あんたの能力には感心するよ、奥様」

「夫が弱い病人になっちゃったら、力の及ぶ限り代理を務めるのが妻の義務でしょ」

「あんたはとても強いな、エリナー」

「そう思う？　ダリオ。女は結局、支えられ導かれることしか求めないけど。私のせい？　もしフィリップが……でもそれどころじゃないのよ、先生。あなたには本当に率直に状況を話すわ。私の哀れな夫はもう自分じゃ事業をやれない。もし彼が諦めて何もしなかったら、全てはまだ救えるかもしれないわ。でも彼は法律上の事業主よね。それでこういうことになるわ。彼が姿を消す、スイスか他のどこかに引きこもる。ある日、戻って、全てを手中に取り戻し、全てを危険にさらす。あなた、できる？　あなたの治療で、事業から手を引いていなきゃいけないって彼を説得できる？」

「難しいな」

「自分から仕事への復帰を延ばそうって考えさせることは？」

「延ばすなら、もしかすれば。際限なくは無理だ！」

「先生、これは義務が辛い決断を命じるケースよ、そう思わない？」

ダリオは軽く後ろに身を反らせ、肘掛け椅子の背に頭をもたせかけた。疲れた軽い笑みが唇に浮かび、さざ波のように消えた。さっきと同じ、内に閉じた平静な顔が戻った。

「充分に考えた言葉だな？　エリナー。私に何を要求しているのか分かっているんだな？」

「フィリップは狂人よ」

「ともかくあんたがそう信じているように行動することは可能だ」

「あなたの助けを得てだわ、先生……」

「勿論フィリップ氏は私の監視下に置かれることになる」

彼女はちょっと蒼ざめ同意した。

「残念ながら」ダリオはため息をつきながら言った。

「私は適当な療養所を持っていない！」

「ちょうどラ・カラヴェルがあるんじゃない？」

彼女は微笑んだ。

「あなたがラ・カラヴェルを買ったことは聞いたわ。私、あの邸宅に着いた時のことは決して忘れない。ワルドは酔ってた。その晩、彼の奥さんは出て行ったわ。あんなに気高く災難を受け容れた人を、私、一度も見たことがない。ねえ、ラ・カラヴェルは私やあなたよりあの人にお似合いだったわ。あなたが地所を買ったって知った時、私、思ったの――〝結局、誰もアスファール医師のことを知らない〟って。情の深い方ね、あなたは。ワルド夫人とはお友だちのまま？」

「もしそうしていたら、私はここには居るまい」ダリオはきっぱりと言った。

彼女は肩をすくめた。

「ワルドに戻りましょ……ラ・カラヴェルはとても適当な療養所になると思わない？」

「あの屋敷は売却を迫られる恐れがある」

「本当に？　どうして？」

「私には大変な金が必要なんだ。それでもあれを医院に変える希望を持っていたんだが。だが目的は全く慈善的だった。つましく暮らす患者たちが来れるようにしたかったんだ。中流階級、この国の素晴らしい市民のことを充分に考える人間がいない。役人や民間の有力者の近辺で資本、支援を探したが駄目だったな」

「でもパトロンはいるかも知れないわ、先生。あなたどのくらいの額が必要なの？」

「百万だ」ダリオは言った。

24　ラ・カラヴェルの秘密

翌年、復活祭の休暇に、ダニエルは一人でラ・カラヴェルに発った。彼は十七歳になったばかりだった。あまりに速く成長していた。ダリオは彼を三週間休ませてやりたかった。彼自身もクララも一緒に行けなかった——ダリオは仕事と色恋沙汰に捕まり、クララは病気になったばかりだった。

しばらく前から、ダニエルは一人でいるのを好んだ。人見知りで無口になったな、とダリオは思った。とはいえ、息子がほとんど毎日クロードとシルヴィ・ワルドに会っているのは知っていた。

ダニエルは友人と連れ立って行った。友人はラ・カラヴェルの入口に彼を残し、自分を待つイタリアの村への道を辿った。ダニエルは軽い荷物を掴むと、邸宅まで歩いて上った。雨が降っていた。松の古木とマグノリアの間を通る時、雨粒が首筋と帽子を被っていない頭に落ちた。彼はシルヴィが小道の中を散歩したこと、邸宅の前に広がる薔薇園をしょっちゅう通り抜けたことを思い浮かべた。ああ！　なんで若かった頃のシルヴィさんを知らなかったんだ！　クロードはとても素敵だった、だがシルヴィほど美しく、チャーミングな人は誰もいなかった。とはいえ、彼女はクララの年齢だった。そう、ダニエルの目に、彼女は年輩の女性だった。だが、もし彼女に対してほとんど宗教的な敬愛の念を抱いたにしろ、彼はその美しさ、その顔立ちと物腰の気品、知らぬこととは言え、自分より先に父親を魅了した全てを感じ取った……彼がシルヴィに抱いた優しい敬愛の念は、息子のものであり、同時に、恋する男のものだった。

彼は男が、友にであれ、教師にであれ、女性にであれ、何よりも、従い、敬い、屈服しようとするほどまだ柔順で、女性的で、未熟な年頃だった。両親だけが若者の心になんの力も持たない。確かにシルヴィの言葉、お手本となる生活の品位、趣味はダニエルにとって献身と敬愛への欲求に栄養を与える比類ない糧だった。とにかく、クロードはその母と似ていた。

彼は冗談でも冒瀆でもなく、自分がクロードが好きだと認めることができた。だがシルヴィの目で物事を見て、シルヴィの厳しいモラルの要求に従って生きようと努めた。そうやって自分の父に対する漠たる怨念を晴らすだけに、彼にはなおさらそれが容易かった。ダリオは富に、虚栄に大きな価値を与えていた。シルヴィにとってそんなものは一切存在しなかった。彼女の精神的優位を認めることで、ダニエルは自分の良心と、父に対する内にこもった嫌悪、苛立たしい侮蔑を同時に満足させた。それは血に混じった一滴の毒のように、生命そのものと共に彼の中に生まれていた。

鞄の中に、彼はシルヴィにもらった本と彼女とクロードの写真を隠していた。

邸宅に近づいた。明かりはなく、扉は閉まっていた。彼はベルを鳴らした。ラ・カラヴェルには三年来ていなかった。扉を開けた女中も、直ぐに姿を現した男も見覚えが無かった。男は恰幅が良く、どっしりた顔つき、とても赤らんだ血色をしていた。

「ダニエルさんですか？　車の音が聞こえませんで、ダニエルさん、申し訳ありません……側道の下に停めたんですか？」

「そうです、友人と一緒だったんですが、彼は急いでいてここまで上って来れなかったんです」

ダニエルは答えた。

「ダニエルさん、以前のご自分の部屋を使われますか？」

「そうですね。三年前ここに来た時は、あなたにお目にかかっていないと思いますが？」ダニエルは言った。

「私は一年ほどしかラ・カラヴェルにおりません。アスファール先生は私をご存知でしたが、ご自宅の管理人と代理人の地位を私に与えることを強く望まれました。アンジュ・マルティネッリと申します。長い間、地元で給仕長をやっていました。それから不運に見舞われまして、その時、お父様のご好意を仰いだわけです。ダニエルさん、必要なものは何でもちゃんとお持ちですか?」部屋の中までダニエルに着いて来た後でアンジュは尋ねた。

「はい、ありがとうございます」ダニエルは言った。

彼は窓を開けた。ラ・カラヴェルでの休暇特有の音を耳にし、それを聞き分けた――海の深く平坦な呼吸、遠くの汽車の汽笛。

最初の八日間は落ち着いて快適だった。海水浴をし、庭園まで続く小さなプライベートビーチで休んだ。時々昼食を持って行き、もう暑く輝いている太陽の下で寝そべって食べた。小石を投げて遊んだ。海で泳ぐために本を捨て、それからページに頭を載せてうとうとした。夕方になると、田舎を盛んに散策した。いつも犬とだけ一緒で、孤独な生活を素直に誇らしく思い、すれ違う自動車や女たちに軽蔑の眼差しを投げた。夕食が終わると自分の部屋に閉じこもり、クロードとシルヴィに手紙を書いた。

着いて一週間経つと、それまで素晴らしかった天候が悪くなった。雨が降った最初の日、彼は長い散歩をした。ジンジャーと紅茶のいい香りがするニースのイギリス風の小さな暗いケーキ屋でおやつを食べ、夜に帰った。本を持って閉じこもり、自分は完全に幸せだと思った。翌日、まだ雨が降っていた。昼間が彼にはより長く思われた。雨の降るこの地方は、泣きぬれる化粧した女のようにもの悲しかった。翌々日も雨は止まず、ラ・カラヴェルの大きな部屋の中は冷え込んだ。前夜、ダニエルは風邪を引き、ちょっと熱があった。窓の前で灰色の空と風になぶられる松の木をかなり憂鬱に眺めながら午後を過ごした。鉛色のうっとうしい昼だった。五時にアンジュが来て扉を叩いた。

「大変恐縮ですが、ダニエルさん」彼は黒い目の鋭い輝きを長い瞼で隠しながら言った。「ダニエルさんには一階の方がよろしいのではないかと存じまして。屋敷のこちら側は日当りが良くありません。書斎にお茶を用意させました。勝手ながら暖炉に火を着けさせていただきました。浜辺の家で暖炉、復活祭に！　顰蹙ものですね、ダニエルさん、でも、人が言うように、天候には逆らえません。ダニエルさん、下にお降りになりますか？」

ダニエルは本を腕に抱えて階下に降りた。書斎は書物を飾った感じのいい部屋で、昔はシルヴィの小さな客間だった。壁は穏やかな淡い緑色だった。暖炉の側にお茶が、ふんわりした白いクリームを飾ったマロンケーキを添えて用意されていた。暖炉が楽し気な音を立てて鳴った。

「とても感謝します、アンジュさん」ダニエルは言った。

彼は目を上げて微笑んだ。かつての給仕長は深くほとんど優しい関心を込めて、ちらりと彼を見た。

「ダニエルさん、お茶を差し上げてよろしいですか?」

「僕のために随分骨を折ってくださいますね」

「いえ、ダニエルさん、大変良くしてくださった先生の息子さんのお世話ができて嬉しいですよ。ダニエルさん、敢えて白状しますが、あなたのお年頃の若者は私に自分の息子を思い出させるんです。ダニエルさんが快適に過ごされるためなら何でも喜んでやりますよ」

「結婚していらっしゃるんですか? アンジュさん」

「私はやもめです。哀れな妻はずっと前に死にました、倅を私に残して」

「それで……その人は今どこに?」

「長いこと会っていません」

「フランスにはいない?」

「いますよ」アンジュは苦々し気に言った。「モンテカルロにしょっちゅう来るくらいです。私が勤めていたホテルに、客として。確かに今は金持ちです。あなたの年頃だった時、私はあいつを料理人にしたかったんです。いい仕事ですよね。しかし、病気をした後、ずうっと肺が弱いまま……その時に、ダニエルさんのお父様が治療してくださって、これは申し上げなければなりませんが、奇跡的に治ったんです。その後、私はあいつを厨房の中や、地下室や、かまどの側に置いておくのが心配になりました。あいつにとってこれで充分ということは何もありませんでしたがね。私はあいつに勉強させました。リールの靴の製造会社で職を見つけてやりました。それであいつが何をやったか分かりますか？　社長の娘を孕ませてその娘と結婚したんです。地元で一番大きな靴の会社ですよ！　私は歓びに咽（むせ）びました、ダニエルさん。神は喜んだ私をこの通り父親の悲しみと不名誉で罰したんです。結構な立場に立った日から、倅は私を恥じるようになりました。私はここ、ニースでダンスホールを開こうとして金を失ったんです。今はもうあいつは私のなけなしの金など期待していませんし、私が死ぬまで会うことすらないでしょうね……いや、失礼しました、ダニエルさんを退屈させ、嫌な思いをさせてしまいましたね。火はしっかり着きました……お茶はまだ暖かい……」

彼は戸口までゆっくり引き下がった。取っ手に手を乗せ、尋ねた。

「ダニエルさん、蓄音機はいかがですか？　読書に飽きたら？　素敵なレコードがありますが」

「ありがとう。とてもありがたいですね」

アンジュは蓄音機を探しに行った。

「ダニエルさん、これもご存知なかったのでは？　三年前には」

「蓄音機を？　知りませんでしたね、確かに」

「これはワルド氏のものでした。出て行くとき、彼がここに残していったんです、先月ですが」

「何ですって？　ワルド氏？　あの気の毒な狂人ですか？……それじゃあの人は……ここに閉じ込められて？」

「そうなんです、ダニエルさん」

アンジュはレコードを収めた小箱を取り出し、ダニエルの前で開けた。ダニエルは手を触れずにそれを眺めた。そのフィリップ・ワルドこそクロードの父親で……夫だった……

彼は突如熱烈で、ほとんど悲痛な興味に駆られた。

「どんなだったんです？　その人は。老人ですよね？　病気は？」

「老人？　それはダニエルさんがどう思うかによりますね。五十がらみで。病気？……あの人が病気だったとは言えません」

「ちゃんとしている瞬間が時々あった？」

アンジュの暗い顔にほとんど残酷で皮肉な表情が浮かび、ダニエルを驚かせた。だが彼は直ぐにごく平坦な声で答えた――

「時には……」

「あなたは病気以前のあの人を知っていたんですか？」

アンジュは噴き出すのをこらえるようなため息を洩らした。

「私は多くの人を知っていましたよ、ダニエルさん！　今は金持ちで高名な人、一切れのパンを慈善でくれてやる人、私の家に金をせびりに来た人――「アンジュさん、私をお救いください！……アンジュさん、私にはあなたしかいないんです……」私の僅かな金がなかったら、彼等が今どこにいるものやら、誰が知るでしょう……私は誰もがその手に口づけし、王様扱いした頃のワルド氏を知っていました。そして、ここで孤独なあの人を見たんです。監視人付きで、獣みたいに、皆から見捨てられて、私に繰り返しましたよ――「わしは狂っちゃいない、アンジュ君！　君だけはそう信じてくれるな？」私はあの人の奥様方も知っていましたよ、二番目の奥方は、私がお話しする時代からえらく出世して、今では女社長です。そして私は最初のワルド夫人も知っていました。その頃、人は言いました。（お許しください、ダニエルさん、でもあなたは一人前の男で、物事を理解される）ダニエルさんのお父様とあの方の親密さが大変な話題になったんです。でも誰もあの方を責めませんでした、あの方は夫に見捨てられていましたからね」

ダニエルは突然、血が引き、それから不意に、強烈に逆流し、自分の胸に侵入するような気がした。

彼はやっと小声で言った――

「僕はワルド夫人をとても尊敬しています、アンジュさん。どうかあの人のことはもう僕に話さないでください」

同じ瞬間、彼は一週間前から毎晩、ワルド夫人への手紙を翌日一番の郵便物として出せるようにアンジュに託していたことを思った。

アンジュは慎ましく言った――

「申し訳ありませんでした……」

彼は身を屈めて火を整えた。屈んだまま乾いた小枝を薪の下にくべながらちょっと息を弾ませた。黒い髪の毛と首筋の間に、赤黒い、ほとんど紫色の肉のたるみが見えた。

彼はやっと立ち上がって、庭園に半分開かれたフランス窓を閉めに行った。音もなく、彼のような恰幅の男にしては異様に静かで軽い足取りで歩いたが、一歩ごとにその靴底が密かにきしんだ。彼はダニエルの肘掛け椅子に近寄り、半分空いたカップに目をやった。

「それを下げてください」ダニエルが言った。

アンジュはお盆を持って立ち去った、ダニエルを一人残して。

25　真夜中の会話

それからの日々、ダニエルはもうアンジュと顔を合わせないようにした。だが彼の中途半端な打明け話を忘れることはできなかった。〝汚らわしい嘘だ〟と彼は思った。父みたいな男とシルヴィ・ワルドさんの間に共通する何がある？　二人の間の共謀などという考えはかすめもしなかった。アンジュはどう言った？……親密さだと？……ダニエルはほとんど肉体的な嫌悪を覚えた。一人でいる時、それは憤激のあまり彼を震わせ、歯ぎしりさせた。

彼は今、一人でいるのが無理だと分かった。カンヌに住む友人たちを探し、毎朝ラ・カラヴェルを発って、夜まで戻らなかった。時折、回廊の薄暗い片隅にいるアンジュがちらりと見えた。アンジュは若者の帰りをうかがっているようだった。一瞬戸口に姿を現し、ダニエルの世話をしている女中に小声で指示を与えて立ち去った。

休暇が終わった。ダニエルは復活祭の後の第一日曜日に帰らなければならなかった。

ダニエルはその晩、遅くまでカンヌにいた。人生で初めて、彼はちょっと飲んで、賭け事をやった。疲れたし興奮し過ぎたと思った。床に就いたとたん、もっと目が冴え、もっと熱っぽく感じた。しばらく暗がりの中でじっと横たわったままでいた。あり得るか？　父とシルヴィさんが……それにワルド氏の監禁話……あのフィリップ・ワルドの精神錯乱は変だし……怪しい……それはアンジュの話でよく分かっていた。

彼は絶望して思った――

〝僕には関係ない。この先、僕には自分の過ち、情熱、人生があるんだ……おやじがどうした！　だいたいあれは確かに下劣な噂、職場の陰口だ。おやじは醜い、おやじは年寄だ。おやじはシニカルでどんなことでもやりかねない男だ。シルヴィさん――あの聖女があいつに目をくれるはずがない……ワルド氏のことは……さて、僕は何を疑ってるんだ？　正確に僕は何を信じてるんだ？　あのエリナー・ワルドと共謀して不法監禁を？〟

それならあり得た。彼にはエリナー・ワルドは何だってやれると思われた。彼女は今、彼の両親と極めて親しかった。しょっちゅう彼等の家で夕食を摂り、二人を招いた。揃って外出した。

彼は起き上がった。夜の微風が自分を鎮めてくれることを期待して窓縁（まどべり）に腰かけた。アンジュのダリオに対する憎悪について考えた。〝金持ちで高名で、私の家に金をせびりに来た人〟と言って彼が語りたかったのはダリオのことだったのか？　じゃあおやじは……そこまで悲惨だったのか？　そして何故あいつは今シルヴィさんとまた会おうとしないんだ？　半分言葉にした疑惑、憶測の全てが彼の心を引き裂いた。

喉が渇いていた。枕元に置かれた水差しの水を全部飲んだ。だが水は生温くてまずかった。炭酸入りの、冷えた、少しのペリエ、それが欲しい！　時間を見た――二時。女中たちはラ・カラヴェルの別棟で寝ていた。もし今彼がベルを鳴らせば、来るのはアンジュだけだろう。アンジュの部屋は一階の配膳室の側にあった。アンジュと彼自身、ダニエルを除けば邸宅は空だった。アンジュは一度彼に言ったことがある――

「ダニエルさん、もし夜中に苦しくなったら、遠慮なく私をお呼びください。私は眠くなりませんので」

ダニエルは思った。〝彼が来たら、僕が彼を起こしたら、炭酸水を一本頼もう。あれは冷蔵庫に入ってるが、配膳室は夜は閉まってるはずだ。僕は鍵を持ってない。彼に会ったら、きっと……一つ質問してやる、一つだけ。だが彼は何も言うまい。追い出されるのを恐れて。彼は自分で僕に言った。自分は〝不運〟だと。おやじのやったことを偽り、隠すほうが彼には得策だ。そうだ、だが……損得の問題じゃなく……アンジュは陰険で、執念深い男だ……彼のことはよく分かっている、充分見抜いているんだ、僕はもう子どもじゃない、彼はおやじに対して絶望的な嫉妬を抱いている、多分、金のせいか、それとも運か……それなら、彼が何も言いたがらなくたって、目つき、故意の沈黙、時折洩らすしゃがれたため息で、真実を見抜いてやるぞ〟

どんな真実を？　シルヴィとの過去、ワルドとの現在……彼はベルを鳴らして待った。

長い間待った。誰も来なかった。もっと強くベルを鳴らした。自分の部屋から出た。回廊は薄暗く、階段はがらんとしていた。ラ・カラヴェルがこんなに広く、静かに思えたことは一度もなかった。何度もベルを鳴らした。階下で犬たちが目を覚まして吠え、頭と爪で揺さぶりながら閉じた扉に飛びかかった。アンジュは姿を見せなかった。ダニエルは手摺に身を屈め、暗い玄関ホールを眺めて、呼んだ――

「アンジュさん！　来てください！　上がってください！　あなたそこにいるんですか？　気分が悪い！　あなたにいてもらわなきゃ！」

誰も来なかった。彼は駆け足で玄関ホールを横切り、厨房、配膳室、アンジュが暮らす部屋と屋敷のそれ以外を隔てる扉を開けた。厨房の中に明かりが見えた。彼は入った。アンジュがテーブルの側で、上等なブランデーの空のボトルを前にして坐っていた。組んだ両腕の上に頭を屈め、深々と眠っているように見えた。

〝酔ってる！　こんなふうに夜を過ごしてるんだ！　「私は眠くなりませんので、ダニエルさん……」なんて〟

発作的なひきつった笑いがダニエルを捕えた。彼自身ウィスキーを飲み、それが血に混じって、まだ火のように流れるのを感じた。アンジュの肩をつかみ、揺さぶった。アンジュは頭を上げ、ダニエルが咄嗟に椅子を支えたほどの力でのけ反らせた。彼は給仕長のずっしりした体が床に落っこちると思った。その耳に叫びかけた。

「アンジュさん！　アンジュさん！　僕です、ダニエルです、心配することはありませんよ！」

ゆっくりと、年配の男の目が開き、ダニエルのひきつった顔を見た。彼は小さなはっきりした声で言った。

「あんたがきっと来ると分かっていましたよ、坊ちゃん」

もう一度、ダニエルは噴き出した。自分の耳にしゃがれて震える笑いが鳴り響くのを驚いて聞き、それから思った――〝彼が僕を〟坊ちゃん〝なんて呼ぶのを聞くとはおかしい。全部が滑稽だな〟

「もうブランデーは一滴も残っていませんね？　アンジュさん」彼は尋ねた。

「飲みたいですか？」

「ええ、いいでしょう？　おじさん」

「あんたは私を馬鹿に……あんたは、え？」眉をしかめ、顔を赤黒く染めてアンジュは突然言った。「あんたは私を軽蔑する、あんたも、どうです？　でもなんでだ、まったく、なんでなんだ？　人生でずっと連中は私を……馬鹿に……給仕長だった頃は指先を差し出して……こんなふうに……〝お元気ですか、アンジュさん〟なんて、ちょっと頭を下げて挨拶した連中、奴らだって私よりましなもんじゃないんだ！　私は自分の仕事をしていたんだ、ごくおとなしく……背中の後ろで奴らが私を馬鹿にするような気がしきりにしたんだ。それであんたの父さんは！　私は彼にあんなことを止めさせてやる！　彼が私に手を貸した、椅子を差し出したと思いますか？　彼は急いでいたんですよ、自分で言ってましたがね。何を急いでいたのか？　金を借りに行くのを？　女を金でまるめこむのを？　あんたや私より狂っていない人を監禁する汚い陰謀をやりに行くのを？……」

明らかに、彼は自分の言葉を恐れていた。椅子に坐って、よろめいた。

「そんなことはあんたに関係ないね。だいたい、あんたは汚れない子どもだ。そりゃはっきりしてる、汚れない子ども。一体なんてついてるんだ、一体なんて幸せなんだ、あんたの父さんは、まだあんたって人がいて、望み通りあんたを見られる……あんたのみずみずしい頬っぺた、心を奪う汚れない子どもの雰囲気……一人の息子、なんと、一人の息子が！　あんたは私が飲んでる、夜は酔っぱらってるって彼に言うだろうね？　どうです？　ふん！　彼はちゃんと気づきますよ、遅かれ早かれ。皆が知ってるんだ。どいつもこいつも私を軽蔑してるんだ！　彼は私を……追い出す。言っときますがね――私は運がない……あんたもね。飲みますか？　さあ、グラスがあります。そこ、私の後ろの小棚の中に、すいませんなダニエルさん、ワインかウィスキーかいいシャンパン、一九〇六年のクリコが見つかりますよ。残ってるはずです。気の毒にワルドさんは、一日中それを飲んでたんです。ダニエルさん、自分でちゃんとおやりなさい、あんたは気の置けない人だ」

ダニエルは小棚を開け、シャンパンのボトルを取り、それをテーブルの上に置いた。だがアンジュも彼自身も栓を抜こうとしなかった。二人は坐って、向かい合い、黙りこんでいた。

とうとうアンジュが尋ねた――

「あんたは何を知りたいんです？　さあ、さあ、今がチャンスですよ！　今夜は何を聞いたっていいですよ！　私がワルなのはよく分かってますね！　ここにいるためなら、自分の倅のような青年と向かい合って（かつての倅ですよ、なにしろ、今、あいつは禿げて腹も出てる）ここにいて、そんな美しい目、瑞々しい唇を見るためなら、私は、いいですか、私はあんたの望むことなら何だって、あんたの喜ぶことなら何だって言いますよ。興味があるのは何です？　あんたのパパがどんなだったか知ること、どうです？　私の息子には、一日中こう繰り返すに違いない女房、家族がいます――〝あなたの父親、彼は教養も教育もなかったわ。あなたの父親、彼を軽蔑し、忘れ、呪ってやらなきゃ……〟やれやれ！　他の奴らの息子には誰かがこう言うでしょうよ――〝お前の親父はいかさま商人だった、飢え死にしかけて俺たちの家にやって来て、百万長者になってまた出て行くけちなレヴァント人の一人だった〟ってね。また出て行くって誰がです？　馬鹿言っちゃいけない……連中にはここが良過ぎるんです、ここに残って、ここで死にますよ。あれは血の中にやばい取引を持ってるんです。ある者はわいせつ写真を売り、また他の者はコカインを売る。あんたの父親、彼はいかさま治療師だ。人の不幸を食い物にするんです。さて、これ以上知りたいことは？　私がワルド夫人と彼について言ったこと、それは本当か？　それはね、ダニエル坊ちゃん、あんたには絶対に分からない。お好きなように想像しなさい。考えなさい。じっくり思ってみなさい。私は毎晩神がどうなさるかじっくり考えますよ。他人の話じゃありません、分かりますね……私の話です、私の血、私の心に触れるもんです。あんたも、自分の血をじっくり思ってみなさい……人は自分の血、自分が出て来たところ、それとも自分を生み出した肉と血に苦しむしかないんです……女の話も、金の話も、そんなものは過ぎ去り、忘れられます。もだけどね身内がそこに混じったら、共通の血のたった一滴、そいつがすべてを毒するんです。もしかして彼はワルド夫人の恋人だったのか？　もしかして違うのか……私は何も知りません。とはいえ病気のワルド氏が上にいた時、来る夜も来る夜も、彼がやって来て、客間で何時間も彼女と一緒にいたのはやっぱりおかしいですね……ワルド氏については……それにもあなたは興味があるでしょうね、それにも、どうです？　よろしい！　お聞きなさい……私が知っていることをあなたに話しましょう。そうすれば分かりますよ……」

26　母と子

ダニエルはパリでの最初の夜を過ごしていた。着いた時、彼はクララが立っているのを見た。彼女がどれほどの病気だったか、彼には決して分かるはずもなかった。父が彼を待っていた。ダニエルはちやほやされ、歓待され、キスされ、質問された。疲れているようだが？　海水浴のし過ぎじゃないか？　この季節、水はまだ冷たかろう。滅多に手紙を書いてよこさなかったな……また大きくなったな。

今、やっと、彼は両親から離れ、扉を閉めた自分の部屋で一人になった。壁から壁へ行ったり来たりしながら歩いた――鎮められない不安、骨と血に混じったこもった熱はダリオ譲りだった。

遅く、真夜中近くだった。階下の父の足音、それから両開きの門が開きかけ、開き、不意にまた閉まる音が聞こえた。彼は父がほぼ毎晩外で過ごすことを知っていた。どんな情事、どんな快楽が父を家から遠くに、時には朝まで、惹きつけるのか、彼は決して思ってもみなかった。不意に、自分が父の生活行動を考えるのをずっと本能的に遠ざけて来たと思った。暗くて深い池の縁から遠ざかるように。

あいつはどうするだろう？　僕にワルド氏のことを話すだろうか？　彼は思った。〝あいつは僕を騙すだろう、はぐらかすだろう、僕に知られてもいいことを話すだろう、それで全てはこれまで通り続いて行くんだ〟母は知らないのか？……彼女がどれだけ父を助けたか、どれだけ父の仕事をしてきたか、彼は知っていた。彼女は全てに通じていた。診察予約の記録簿をきちんと管理するのは誰か？　支払われるべき報酬を請求するのは誰か？　遅れた支払いを取り立てるために秘書のアロン嬢を急き立てるのは誰か？　二人は本当に強く結ばれているようだった、父と母は……おそらく、父は自分の人生の中にある後ろ暗く、不正な全てをクララに認めさせたに違いない。それほど彼は愛されていた。クララはダリオの愛人関係まで知っていると、ダニエルは時々思った……（彼は今でもそう思っていた）彼女はそれを知るばかりか、確かに、黙認していた。一度、ダリオは周知の愛人のために自分からの花を電話で注文して彼女を驚かせた。

〝でも母もワルド氏の件については真実の全てを知ることができない〟と彼は思った。〝それとも、母も……二人は共犯なのか？〟

〝だが母さんだ！　母さんだぞ！〟自分の心の中であざ笑い、ささやきかける何者かに対して彼女を擁護するように彼は呟いた。〝あの人は全てを知り、全てを受け容れる。あいつを愛しているから、そしてシルヴィさんのような女性じゃないからだ。シルヴィさんには内面の教えがある、一人の神が！……母さん、あの人には一つの教え、一人の神しかない、あいつだ……〟

それにしても、シルヴィさん、あの人自身……アンジュはあの人がおやじの愛人だったとほのめかし、断言しなかったか？　彼は両手で顔を被った。そのこともまた、母は知っている、おそらく……彼女は彼がシルヴィの話をすることを決して好まなかった。ああ！　彼はクララに打ち明ける必要があった。皆の中で、クララだけが彼を救えた。彼は彼女から真実を知りたかった。もしかして、あれは全部マルティネッリの作り話、嘘、酔っぱらいのうわごとに過ぎなかったのか？　彼女は彼を抱きしめるだろう、彼にキスするだろう、彼の額にそっと触れるだろう、彼女の側で、彼はもう一度、世の中の善を信じるだろう。彼女は彼の誤解を解いてくれるだろう。ワルドの狂気、シルヴィの無垢の証（あかし）を彼に与えてくれるだろうと彼は思った。

〝いいえ、あなたは夢を見てるの、坊や、あなたは夢を見て……〟

悪夢から覚めて、ベッドの中で、頭を母の胸に押し当てた夜のように。彼女は彼の上に屈みこんでいた。長く白いシュミーズ姿で、白髪混じりの髪を頬に垂らし、誠実で、優しく、微笑を浮かべ、救いの手を差し延べていた。

〝ただの嫌な夢だわ、坊や、私のダニエル〟彼女は言った。

彼はベッドの上に坐った。脚が震えていた。どんなふうに思い切って母に言おうか？　彼は母を愛していた。尊敬していた。そう、愛するが故に、彼女に警戒を促す必要があった。もう一度、彼は思った――

〝おやじに話したって何にもならない！　あいつから見て僕は何だ？　子どもだ。あいつはアンジュを脅し、黙らせ、金をつかませて追い払うだろう、それであいつはワルド氏を解放するまい！　僕から告発されないことをあいつはよく知ってる！　だが母なら必要な言葉を見つけられるだろう、あいつを恐れさせ、考えられるスキャンダルでも、罪でも、監獄でも、何だってあいつに語れるだろう！　それとも自分から母に話すか。なにしろあいつは母を愛しているから〟

だが彼は動かなかった。母に会いに行く恐れと願望の間で戸惑い、そこに留まっていた。その時、突然、扉の向こうで、クララの静かで、ちょっとためらいがちな足音が聞こえた。彼女がノックした。

「あなたの足音が聞こえたわ……寝てないのね？　坊や」

「うん、母さん、入ってよ」

彼女は近視の目を細めて、ベッドまで進んだ。

「まあ服も脱がずに……なんで寝ないの？　ダニエル。具合が悪いの？　なんて顔色が悪いのかしら……あなたが着いた時、普段通りじゃないって私にはよく分かったの……ダニエル、あなた、苦しいの？　悩みがあるの？　あなたはもうほとんど一人前の男だけど」

彼女は不安と愛情を込めて彼を見つめながら言った。〝この子はダリオにほとんど似てないけど、不幸な時、風邪の時、今みたいに震えている時は、もう一人のダリオに見えるわ……〟と思いながら。

彼女はベッドに腰かけ、両腕を彼の肩に回した。

「どうしたの？　ダニエル」

「何でもないよ、母さん」

「嘘おっしゃい。具合が悪いの？」

彼女はダニエルの額に手を当て、自分の方に引き寄せ、唇で彼の頬に触れた。いつもそうやってごく僅かな熱の変化を感じ取っていた。彼は身を震わせ、歯をがちがち鳴らし、手は凍ったように冷たかった、だが彼女には彼が病気ではないことが分かった。ほっとため息をついた。結局、それだけが大切だった、健康、命……その他のことなんて！……彼の耳にささやいた——

「あなたが悩んでいることを私に教えて。私は何でも聞けるし、何でも分かるのよ」

そうだ！　それは本当だった。全てを聞いて、全てを受け容れる、一言も非難せずに。彼はダリオが、以前、彼女のもとにやって来て、彼女に告白し、彼女はおそらく、ちょっと動転した後で、許したことを思い描いた。父に助けが必要なら、彼女は父を助けた。彼女は目をつぶった。

「ああ！　母さん、母さん」彼はとても小さな声で言った。

彼女はぎょっとして、彼を見つめた。

「いったいどうしたの？　何があったの？　お金を失くしたの？　女とどうかしたの？」

「僕のことじゃないんだ、母さん」

この子のことじゃなかった！　ああよかった……そう、この子は十七歳、他人の負い目、他人の苦しみを深く心にかける年頃だわ……それにこの子はとってもとっても正義感が強くてとっても心が広い！　子どもの頃、友人が罰を受けるのも、虐待された動物や、ぶたれた子どもを見るのも絶対我慢できなかった……

〝ああ！　この子は決して自分を哀れんだりしなかった〟彼女は思った。〝だからこの子には他人のためにそれがたくさん残っているんだわ……可愛い我が子、幸せで、豊かで、満たされて……〟

「おやじのことだよ、母さん」

彼女は蒼ざめ、ちょっと身を遠ざけた。長い沈黙が二人の間を通り抜けた。

「お父さんのこと？　私、分からないわ」

「母さん、ワルド氏の狂気、監禁のことは知ってるよね」

「ああ！　そうね……気の毒な人だわ！」

「母さん、一度も考えたことない？……あの狂気の発作、その間あの人を閉じ込めなきゃならなかったけど、あれはエリナー・ワルドには奇跡的に都合が良かったって」

「あなた、何を言いたいの？」

彼女は話すのをためらった。震えながら、一つ一つの言葉を、用心深く、嫌々発した。

「いいかい、母さん、あの人は常軌を逸してた。もう事業を経営できなかった。それでもやっぱり、これまで、決して狂人と言われたことはないんだ……」

「でも、あなた、お父さんは長年あの人を知っていて、治療を……私、いつからか分からないけど……ワルドさんが初めてうちに来た時、あなたはまだほんの幼子だった。お父さんが神経症を診ているのはよく知ってるでしょ。あの人はつまり精神的に健康な人として振舞うことができなかったんだわ」

「彼は神経質で、暴力的だった……勿論、健康的に振舞ってはいなかった。多分恐怖症で、不安を抱えてた、でも僕はおやじが何度となくこう言うのを聞いたんだ――〝彼は狂人じゃない。決して狂人にはならない〟って」

「誰があなたにワルドさんのことを話したの？」

「それは言えないよ、母さん」

「どうして？」

「何故って……約束したんだ」

「ダニエル、ダニエル、あなた、自分と関係ないことに口を出すのね！」

「そうかな？　この話が明るみに出たら、ワルド氏が狂人じゃなく、おやじがあの人の奥さんに頼まれてあの人を閉じ込めたって人が知ったら、あの男がそのおきれいな仕事でいくら手に入れたか計算されたら、その時、警察に、新聞記者に、それと僕に、それは自分たちが口を出すことじゃないって母さんは言う？　犯罪が犯されたら、それは発見した人間に関係するよ、最初から！　警察に知らせるのがその仕事だよ」

「でも、ダニエル、あなたは自分の父親を告発したりしないわね！」

「じゃあやっぱり本当なの？　母さん」

「いえ、違うわ！　いえ、違うわ！」

彼女は彼の肩をつかんで揺さぶった。

「あなたがそんなことをどこに探りに行ったのか分からない！　誰があなたの頭にそんな考えを吹き込んだの？　断言するわ、あなたは間違えてる、あなたは夢を見てるわ、ダニエル！」

「僕のおやじは一人の……」

「お黙り」彼女は繰り返した。

彼女はやにわに姿勢を正し、子どもだったダニエルを一度も叩いたことのない彼女が、渾身の力で彼の頬をひっぱたいた――だが大した力ではなかった。よろめいてダニエルのベッドの上に倒れたのは彼女だった。ちょっとして、彼は身を屈め、自分を叩いたばかりの手を取り、それに口づけした。彼女は彼に身を投げ、両腕を回して彼を抱きしめた。

「母さん、ご免！　ご免なさい、母さん！」

自分の心臓が狂ったように鼓動するのが聞こえた。それ以上言葉を発することができなかった。

彼女がとても小さな声で言った――

「そんなことは何も考えないで。忘れなさい。あの人は悪いこと、罪あることは何もできなかったって私は信じるわ！　だけどね、たとえあの人が殺したって、盗んだって、たとえ世界中があの人を見捨てたって、私たちの務めはあの人を守って、愛して、助けることだわ……」

「でも僕にはできないよ、母さん、あなたを愛してたって！　自分の良心は消せない。僕は自分でおやじに話すよ」

ぐったりした彼女は承諾した。

「あなたがそうしたいなら」

「おやじが僕を騙せるほど狡くて強いと思う？　その時は、他の人に聞いてみるよ……」

「でもワルドさんがあなたに何をしてくれたの？　ワルドさんに何の借りがあるの？　あれはあなたの知らない人でしょ。あなたのお父さんはあなたを愛したわ、あなたのために自分を犠牲にしたのよ……」

「ワルド氏の話じゃないんだ！　個人の話じゃないよ、母さん、犯罪の話さ、とにかくこれは犯罪だよ、母さんだってよく分かるよね、これは犯罪だって！……」

「聞きなさい、ダニエル、私、名誉にかけてあなたに約束する、ワルドさんはこれから抜け出すわ」

「どうしてそんなことができるの？　母さん」

「私、あなたに約束したわよ」

「おやじに話すの……でも母さんはあんなにあの男に同情して……」

彼女は彼を軽く押しのけて立ち上がった。

「私が感じることはあなたに関係ないわ。私、約束したわよ。さあ、もう眠りなさい、坊や」

27　クララの追及

ダリオは明け方になってようやく戻った。クララは床に就かず、自分の部屋で彼を待っていた。最初ダリオは彼女が時々夜の終わりに不意に見舞われる心臓発作を起こしたと思った。ひどく心配して、彼女を腕に抱きすくめた。

「クララ、どうした？　具合が悪いのか？」

彼女は苦しそうに懸命に息をしていた。彼は優しく自分の側に坐らせた。

「そんなに心配するな。何でもないぞ。治してやるから」

「私、病気じゃないの、ダリオ！　聞いて、ダリオ！　お願いだから私に本当のことを言って。ワルドさんは精神的に完全に健康だったのに、エリナーとあなたが、二人であの人を閉じ込めたって聞いたわ。彼女が自由にやりたかったから」

答えず、彼は立ち上がって、彼女から離れた。

「ダリオ、私を見て！　そんなことありっこない、あなたやってないでしょ？　私に答えて！　あなたは絶対私に嘘をつかなかったじゃない！　私にそう言ったのが誰か知ったら、ダリオ！　それは……」

彼女は息子の名前を発することができず、その部屋を手で示した。

「あいつか？」とても小さな声で彼は言った。

「ダリオ、じゃあ本当なの？」

彼女は悲しくうろたえた様子で唇をハンカチで拭いた。

「私に真実を言った方がいいわ、ダリオ……いつもみたいに、昔みたいに……私には何も隠せないって、あなたよく分かってるわね。私たち、お互いあんまり身近かだから……」

彼女は彼の手を取り、自分に引き寄せた。数時間前にダニエルの肩を包んだのと同じ優しい仕草で。

「エリナーの役に立ちたかったの？　借金を返したの？……私に答えて。私を可哀想だと思って。あの人は狂ってない、そうじゃないの？」

「自由になれば、あいつはアルコールかドラッグで犬みたいにくたばるだろうさ。それとも博打をやった夜の後で、自殺するか。閉じ込められて、あいつは俺に百万もたらしたんだ」

「ダリオ、それは犯罪だわ」

「違う。俺の目には違う」

「そのくらいのお金、二年もあれば稼げるじゃない、それも正直に！」

「クララ、ここ十年、俺は正直に一スーだって稼いじゃいない。もっと悪いことに、そんなふうでも、もう窮地を切り抜けられん。その百万で他の借金を払った。またしても、俺には何もない！　またしても、追い詰められてる」

「だったら全部売って！　あなたが持ってるものを全部売って！」

「それじゃこの後俺はどうする？　分かるか、バティニョール（訳注：パリ北西部の一地区）の小っぽけなアパルトマンのアスファール医師、何でも一人でやる女中がいて、車も無くて？　一体誰が俺の所に来る？　誰が俺を信じる？　それが俺にかかってる呪いさ。俺は世間の奴らの狂気と渇望で生きてるんだ。もし俺が奴らの狂気を煽るのを止めたら、奴らは俺に背を向け、俺を忘れちまうさ。俺には金が必要なんだ。自分を守るために。生きるために。お前を生かすためにな」

彼女はそっと彼の手を握った。

「私のため？　私は自分の行くところに私たちのお金は持って行かないわ。私はお終いだって、あなたよく分かってるでしょ」

「お前の死の話だな、クララ」一瞬沈黙を置いて、彼は言った。「それなら俺だって、自分がひどくくたびれ、ひどく年をとったと感じてる。ダニエルの将来を保証してやれる前に死が来るのが何よりも怖いくらいさ。だがな、たとえ余命六ヶ月と分かったって、少なくとも、その六ヶ月の間、俺は金を持っていたい、罪と引き換えにしてもだ。許してくれ、クララ。俺は神に語るように、お前に語ろう。俺は何よりも貧乏が怖い。俺がそれを知ってるからだけじゃない、俺より前の不幸な幾世代もがそれを知っていたからだ。俺の中には飢えた血統の全てがあるんだ。彼らはまだ飢えを満たせない、これから先だって絶対満たせやしないんだ！　決して俺は充分に温(あった)まらん！　自分が充分に安全で、充分に尊敬され、充分に愛されてると感じることは、俺には決してないんだ、クララ！　金を持たないほど恐ろしいことは何一つないぞ！　貧乏よりもおぞましく、恥ずかしく、救いようのないことなんか何にもないぞ！　クララ、お前のためなら俺は死んでやる、必要とあらば、誓ってだ。だがな、たとえお前のためだって、俺はワルドは放さん。俺はワルドを自由にさせないぞ、絶対にだ！」

「ダリオ、私、分からない。あなた、必要なお金を手に入れたんでしょ、だったらあの気の毒な人はもう何にもあなたの役に立たないじゃない。あの人に自由をあげて、ダリオ……どんな口実をつけたっていいから！　自分が間違えたって認めて！　あの人は治ったってはっきり言って！　それでもうこの罪を引きずらないで……それは私たちを不幸にしてしまうわ！」

「いや、お前な、あいつは俺の役に立ち続けるんだ……」

「どんなふうに？」

「あいつの女房はあいつを閉じ込めておくために俺に報酬を払ってる。俺たちはそれで生きてるんだ」

「でもあなたの患者たちは？　あなたの診療は？」

「そいつは年々悪くなってる。毎年税務署と借金に前もって全部食われちまうじゃないか」

「でもあの人絶望していつか自殺しちゃうかもしれないわ！」

クララは彼の手をつかみながら叫んだ。

彼は肩をすくめた。

「あいつはしっかり守られてる」

「そう」クララは言った。「でももし不幸が起こったら、きっとあなたはひどい報いを……」

「当然な」

彼は静かに答えた。

「私、あなたが怖い」

もう一度、疲れた哀れみの表情を浮かべ、彼は肩をすくめた。

「哀れなクララ、お前は授業を暗唱しているんだ。それはお前の言葉じゃない。俺たちの息子の言葉だ。あいつは、そうだな、きっと、俺に怖気を震う、もしあいつが知れば、あいつが見抜いたら。どうしてあいつがそうでなくいられる？　あの年頃の、俺の人生を思い出せ。あいつは……いいか、一言しか言わんぞ。分かるな――あいつにはいつだって充分に食い物があったんだ。俺たちが分かり合えないのはそのためだ」

彼はせかせかと部屋の中を歩いた。

「あいつは甘やかされてる、甘やかされているんだ……俺の義理のおやじが何と言ったか知ってるか？〝子どもが地べたじゃなくマットレスで寝たら、そいつはもう甘やかされてる、弱くて、必要な時、闘えない〟ってな」

「ダリオ、どうして闘うの？」

「どうして？　お前、俺にそれを言うのか？　クララ。自分の身を守る術を知らなかったら、俺はどうなってた？　思い出せ、俺たちは貧しく、飢えた、二人の惨めな移民だった。それでも豊かで、尊敬されて、強くなったじゃないか」

彼は周囲の美しい家具、高い天井、豪華な壁掛けを見渡しながら誇らしげに言った。自分の成功の目に見える証を眺めて安心しようとするように。

「ダニエルはどうなってた？　もし俺が良心やら同情やらで立ち止まってしまったら」

「ダリオ、やめて！　あなたは自分の心、自分の本当の性格に逆らって話してる！　昔のあなたはそんなじゃなかった。何があったの？」

「生きたってことさ」ため息混じりに彼は言った。

「ダリオ」彼女はロシア語で言った。彼は驚いて彼女を見た。長い歳月、二人はもう自分たちの間でフランス語しか話していなかったから。「あなたは私に毎日パンをくれたわ。それから財産も、元気な子どもも、それに幸せも……そう幸せもよ、だってあなたはあなたのやり方で私を愛してくれたから。今、あなたが私にくれることができるのは一つだけ、死ぬ時の安らぎよ。私、怖いわ、ダリオ」

「スキャンダルか？　安心しろ、クララ。スキャンダルには絶対にならんさ。エリナーは金持ちで強力な女だ。必要なところへ金を配ることも、いくら必要かも知ってる。あいつと一緒なら平気でいられる。全ては、しかるべき時に、最大限慎重にやられたんだ」

「ダニエルはあなたを告発できるでしょうね」小さな声で彼女は言った。

「決して！　お前はあいつをよく知ってるじゃないか！　お前がいるから、あいつはそんなことはしない」

「あの子の前で、あなた恥ずかしくないの？」

「ふん！　あいつにゃ言わせておけ！　いつか俺が死んで、もしあいつが金持ちでいられたら、あいつは俺が悪党だったことを許すさ。最高に善良な父親が、跡継ぎに残したのが美徳の思い出だけだったとしてみろ、いいか、すぐさま、そいつは非難されるぜ――〝あの人は正直だった、そんなことは分かってる！　自分の懐具合についちゃ一言も言わなかった。それにしても……なんでこちらのことを考えてくれなかったんだ？　うまくやっておくべきじゃなかったのか？　あの人は弱かった……正直過ぎた……〟子どもなんてそんなもんさ、クララ。だめだ、俺の愛しい、古い、忠実な友、お前のためだろうと、あいつのためだろうと、俺はワルドを解放しないぞ……」

28　ワルドの解放

「おいくら？　先生」患者が呟いた。

「五百フランですな」ダリオ・アスファールは言った。

初老の女はバッグを半分開け、唇をきっと結び、苛立ち、ひどく悲し気な目つきをして彼に金を渡した。こう思っているように――〝いかさま治療師、希望を高く売ること！〟

だが、心の底で、彼女は彼を信じていた。ダリオの目、声、微笑が信頼を抱かせた。それに彼女は彼の奇跡的な治療の話をたくさん耳にしていた！　彼はもっぱら無数の解釈、無数の治療法に口実を与える神経系統の奇病だけを治療した。そしてもし治ったと思われた病気が違った形で再発したり、新しい神経症が現れても、誰も医師を非難しなかった――何ヶ月、何年の猶予を売ってくれたことに感謝した。

ダリオは手の中でお札をしわくちゃにし、待合室の扉の前に掛かっていたカーテンを持ち上げ、黄色い顔色、窪んだ目をしてぎくしゃく歩く患者を通した。彼女は遠ざかった。待合室は半分空いていた。扉の側で一人の黒衣の女性が待っていた。彼は彼女に入るように合図した。

彼女が彼の前を通った時、顔は暗がりの中で、彼には誰だか分からなかった、だがそれでもびくっとした。この静かな足取り、黒い帽子の下に見える長くほっそりした首を持つのは世界でただ一人の女性だった。

「マダム・ワルド！」

シルヴィだった。十五年来、二人は会っていなかった。彼女は今五十に近く、ほとんど老婦人だった。

彼女は腰かけ、彼は彼女をもっとよく見ようと卓上のランプを灯した。嵐で重苦しく、薄暗い春の一日だった。もう人に好かれようと思っていない女性の、白粉、化粧のかけらもない顔、年齢でほとんど損なわれていない気品のある繊細な肢体、とても静謐でとても聡明な表情をたたえた大きな目を見た。

彼は蒼ざめ、注意深く、警戒していた。だが少しづつ、その瞼はちょっと震え、伏せられていった。

「あなたですか、シルヴィさん！　なんとお久しぶりで、ああ……」

「とてもお久しぶりね」彼女は言った。

彼女もちょっと蒼ざめていた。膝の上でゆっくり両手を組んだ。彼はふと、指を隠している黒い手袋を脱がせたいと思った。その手がどんなに美しかったか……昔自分を魅了したダイアモンドはまだ着けているのか？

「私がダニエルを知っているのはご存知でしょ？　彼はしょっちゅう私の家に来るの。私たち、いいお友だちなんです。彼はそう言わなかった？」

彼は頭を振った。

「一度言ったことがあります、もう一年以上前ですが。それからあいつは二度とあなたの話はしていませんよ。ダニエルは……私に……あまり打ちとけませんで」

「ところが、私、彼の代理で来たんです」

「どういうことです？　それは」

「私を見て」彼女は言った。

彼は女性のように睫毛の長いきれいな眼を彼女の方に上げた。年老いた東洋人の冷淡で皮肉な顔の中にあって異質の眼を。

「私、彼の代理で夫のために来ました。ダニエルは人からフィリップの不法監禁についてある話を聞きました。彼はそれが正しいのか確かめて欲しいと私に頼んだんです。私、アンジュ・マルティネッリさんに会いました。あの人から手紙を一通手に入れています。ダリオさん、あなた、もしスキャンダル、裁判が怖かったら、フィリップを放して。私が彼に黙っていてもらいます」

彼はやっとの思いで語った。言葉にするのが辛かった――

「ワルド氏は今いる所に残してください。あなたは一つだけ武器を持って来られましたね。年寄りの酔っぱらいのたわごとです。私は裁判を恐れませんよ」

「あなたはフランスの医師たちを敵に回すでしょうね。あなたがいかさま治療師の仕事をしているって非難する人がいるのはご存知ね。ウィーン学派の精神科医たちを敵に回すでしょうね。彼等はあなたが自分たちの学説を剽窃（ひょうせつ）して信用を落としたと言っているわ。ご自分の負債も、送っていらっしゃる生活も危うくするでしょうね」

「分かりました。しかし、私にとってはエリナーの金、世間の腐敗、影響力とコネがあります。親愛なるシルヴィさん、そっちの方がいい、そちらの方がもっと大切なんです」

「ダリオさん、それはあなたの破滅になりかねないわ」

「仕方ない！　賭けて、負けましょう」

「私、告訴しますわ」彼女は言った。「ここを去る時、もしあなたの約束がいただけなかったら」

「溺れている人間を火で脅すようなおっしゃりようですな。ワルド氏が自由になったとたん、告訴するのは彼ですよ」

「いえ。彼はそれはやりません。私が請け合います、私が。私はフィリップをよく知っています。裁判、鑑定、待機する歳月、背信記事や嘲笑記事、そんな全てを彼はあなた以上に怖がります。自由になって、財産を取り戻したら、彼はここから出て行って、フランスの外で生涯を終えるでしょう、私はそう確信します。あなたが彼の話を耳にすることはもうないでしょうね」

「ワルド氏はあなたに何をやるでしょう？　彼はあなたを欺き、棄てたじゃないですか。彼は弱く、堕落して、有害です。もし狂っていないにしても、少なくとも二十年来理性の限界でぐらついています。どんな善行を彼がやれますか？　誰の役に立てますか？　あのラ・カラヴェルの夜を、幼かったクロードさんの病気を、あなたを捨てたことを思い出してください……なんで、何のために、どんな愛からあなたは彼を許すんですか？　彼は自分の汚れた人生をあなたに共有させたじゃありませんか」彼は更に声を落として言った。「時々、私は思いましたよ。彼は舗道で拾い上げた不運な女たちと同じくらいあなたに乱暴だったと。彼はあなたを一度も殴りませんでしたか？」

彼女は彼を遮った。

「いえ、そうね……しょっちゅう」彼女は静かに言った。だがその顔はなお一層蒼ざめ、穿たれたようになり、急に老け込んだ。

「あれは病人です！　狂人ですよ！」

「いえ違うわ。その二つの言葉の間にはおそらく、微妙な違いがあります、そしてその微妙な違い、それこそが真実だわ。彼を治療する必要はあります、だけどあんなふうにじゃないわ。彼を生きた人間たちから切り離すことはできません、彼と一緒に暮らす女、それにあなた自身に邪魔だからって。それじゃあんまり安易でしょう！」

「ああ！」彼は皮肉を込めて言った。「あなたには敬服します。あなたは心の底に、書かれていない、絶対過たぬ、一つの教えをお持ちだ。私はそうじゃありません。私が見るのは現実です。あなたにありとあらゆる悪行を働き、自由にしたら野獣と同じくらい有害な男。裁判のスキャンダル、その汚辱、恥辱の全てに取り巻かれてしまうあなたのご令嬢。なにしろワルドの内面生活の全てが明るみに出るんですから。ずっとあなたの忠実で献身的な友でしたが、あなたの暴露で破滅しかねない私。結局この全てにまるで罪がなく、同情に値する私の息子。真実がどこにあるのか、どれほどいつでもあなたによく分かっていただきたいか！」

「私には欺かない光があります」彼女は静かに言った。

「神のことをおっしゃっているんですか？　あなたが信仰者であることは存じています。ああ！　あなたは、あなたは光の子だ！　あなたには気高い情熱しかない、あなたは限りなく美しい……でも、この私は、私は闇と地面の泥でできているんです。天国なんか知ったことじゃない。私にはこの地上の富が必要なんです、他に望みはありません」

「フィリップを放して、お願い」彼女は言った。「この罪を引きずらないで。できる範囲でそれを償って。ダニエルへの愛にかけて！」

「ダニエルですか」彼は肩をすくめながら言った。

「哀れな汚れない子ども……この先五年、十年のあいつを見たいもんです。私が借金しか残さずに死ぬ時の、もし私があなたの言うことを聞かずにいたら、あいつのものになっていたかも知れない財産を考える時のですよ！」

「可哀想なダリオさん」シルヴィは微笑みながら言った。「あなたは態度を決めなくては。ダニエルは地上の富ばかりを気にかけてはいませんよ……」

彼は苦々しく答えた――

「もし私があいつのように幸せだったら、私だってあいつみたいになっていたかもしれませんよ、もしかすれば……」

「あなたが私にお持ちいただいた愛にかけて、私、お願いします……」

ダリオは長い間黙ったままだった。

「あなたが女性の武器を使うのはこれが初めてですね……私のあなたへの愛……決してあなたがそれに気づいているようには見えなかった。なんでこんなに遅くなってそれをおっしゃるんです？」

「だって今なら」彼女は小声で言った。「もう危険がありませんもの」

「シルヴィさん、私がどれほどあなたを愛したか分かりますか？　私は一度としてあなたのような人に会ったことがなかった。それですよ、私の不幸は。それは遠くから、子ども時代から来ています。人生は化け物みたいな奴らで一杯だと心から思い込む。それで他に何を信じます？

悲惨しか、暴力しか、略奪と残虐しか見たことがなかったら。この先だって、人生はあなたに誤りを悟らせてはくれないでしょう。しょっちゅう最善を尽くしてくれますよ。あなたをこの世の富で満たしてくれますよ——財産、名誉、それに本当の愛情さえも。最後の日まで、あなたは子どもの目で人生を見るでしょう——恐るべき乱闘をです。しかし、あなたは私の心を変えてくださったかもしれないが」

彼は内にこもったしゃがれ声で、彼女を見ずに語った。

彼女はそっと言った——

「いいえ。あなたは決して満たされない飢えた心をお持ちだわ」

「シルヴィさん、よく聞いてください。あなたへの愛の記念に、私は企てた事を放棄しましょう。ワルド氏を、ワルド氏の身を解放するようにしましょう。しかし彼は私に会いに戻って来ますよ。とても長い間、彼は私の能力のうちにありました……そんなふうに私を見ないでください。私は悪魔じゃありませんよ。でもこの能力から、彼を解放してやることはできません。あれはずっと前から最早魂を持たない、弱く、くたびれ果てた、不幸な男です。そしてその代わりになるもの、彼の衝動、行動、欲望、夢そのもの、それを吹き込むのは私なんです。約束されましたね。彼が私に対して何もしないように、あなたが気を配ってくださることは分かっています。それでも彼は私の手の中に身を投げに戻りますよ、で、その時は……」

「彼は戻りませんわ」

29　舞い戻ったワルド

二年後、ワルドは戻った。それはダリオの診察日ではなかった。医師は在宅していないが七時頃に戻るはずだ、と言われた。ワルドは彼を待つ許可を得た。

使用人が彼をがらんとした薄暗くて広い待合室に通した。使用人はシャンデリアを点けようとしたが、ワルドが止めた。三月で、まだ少し明るかった。今、ワルドは照明の輝きをひどく嫌った。何歩か歩いて、空（から）の暖炉の前に坐った。肘掛け椅子に沈み込んで、七時までそこでじっとしていた。

七時に、ダリオは正装するために戻った。ワルドが自分を待っていると聞いた時、彼は思った。

〝理屈からして、あいつはすぐ犬のように俺に襲いかかるに違いない〟

恐怖に慄かずにはいられなかった。だが、彼は時折、度を越した不安そのものに痛烈で熱い快感を見出した。ワルドを迎え入れる前に正装しに行った。不安と期待がともども最高潮に達して入り混じる、賭博者にとってとても貴重な、不確かな時間を長引かせるために。

彼は自分の執務室にワルドを入らせた。二人は言葉もなく、長い間睨み合った。ワルドがこもった声で言った――

「わしに酷い卑劣なまねをしてくれたな。もしわしが告訴したら、そう判断しない法廷は世間に一つもなかったはずだ」

「どうしてあなたは告訴しなかったんです？」

「よく分かってるだろうが。お前の手を離れると、男はもう自分の魂が自分のものと言えなくなるからだ。お前はわしから力、意志、防衛本能を奪った。お前はそれがよく分かっていた。わしを釈放した時、お前はその事を充分考えたんだ」

「ここに何をしにいらっしゃいました？　お待ちなさい。嘘をついちゃいけませんよ。私を罵り、殺しにとおっしゃるんでしょうが、しかし本当はあなたには私が必要なんです」

「違う！」ワルドは叫んだ。

「違いますか？」

ダリオは彼に近づき、ワルドの腕にそっと手を当てた。

「あなたはさっき注目すべきことをおっしゃった。あなたの魂はもうあなたのものではないと。しかしあなたの救いはそこにあり、それがあなたの回復になるかもしれないんです、もしあなたがそれを望むならば。かつて、あなたは悩める魂を私に持ちこんで来られた、病んだ体を外科医に委ねるように、こう言いながら――〝わしを治せ、悪魔を追い払え〟私の手中におられた限り、おっしゃる通り、あなたは解放されていたではありませんか」

「違う！　絶対に違うぞ！」

「それなら、何故戻って来られました？」

ワルドは答えなかった。

「正常な生活を取り戻されましたか？　今は」

「ああ」

「あなたのために私に何ができるでしょう？」

「聞け」ワルドは言った。「この二年、どんな手当も、どんな治療もお前がある程度は、成功していたところで失敗した。どこまでわしが絶望しているか分かるだろう。現にわしはお前の前にいるんだから。わしはお前を恐れない」

彼は言い直した——

「もう恐れない。お前が二度は成功しない賭けをやったことは分かっているんだ。その上、わしの手紙は確かな者が手にしている、即刻提訴されるぞ、万一……」

その顔に血流が上った。

「落ち着いて」静かに、そして威厳をもってダリオは言った。「すぐに口を閉ざして。憎しみの言葉と思いで、あなたは精神的に中毒になってしまいますよ」

「エリナーだろうが？　全部やったのは？」ワルドは更に声を落として尋ねた。

「もっとも、あいつに不平を言うことはない、わしのいない間、事業は名手の手で、見事に指揮された。それでも、お前ら二人、お前らがあんな事をやったんだ……」

ダリオが遮った――

「あなたは私を罵り、同時に、私に懇願しに来られた。私はあなたの状態を熟知しています、それをしっかり信じてください。あなたが来られることが、私には分かっていました。私だけが、あなたに休息を与えることができるんです」

「ああ、わしは心底、お前が卑劣漢だと信じている。犯罪を計画し、冷酷に実行できる奴だとな。わしに関してお前は犯罪を犯した。だが、お前一人がわしを救えるんだ、麻薬のように、アルコールのように、それともなんだか知らない汚れたドラッグのようにな！」

「あなたの非難は」ダリオは静かに言った。「下劣な中傷……さもなくば病人のうわごとです」

「いや。わしはお前の客だぞ、だがわしはまた……わしはフィリップ・ワルドだった。金の何たるかぐらい知っている。お前はわしを売った、手足を縛ってわしの妻に引き渡した、百万という金額のためにだ。あいつはその三分の一しか払っていない。残りはおそらく我が社の重役会が払った、連中はわしと、恐慌の時代には大胆過ぎるわしのやり方を厄介払いしたかったんだ。それが真相だろうが」

「私は苦しみながら、しかし断固として自分の医師の仕事を果たしました。隔離が、たとえ強制であっても、あなたには必要だった。私から去って以来具合はもっと悪くなったとあなた自身認めたではありませんか」

ワルドは憤然として肩をすくめた。

「一体お前はわしを子ども扱いするのか？　健康的な食事、澄んだ空気、アルコール抜きはわしには効いたさ。だがな、わしや他の人間たちが何を求めてお前のところに来るのか、お前自身分かっているだろうが——好きなように生き続ける秘訣だよ、苦しまずにな」

「酸い葡萄は食べる、歯は浮かぬ」[*]ダリオは呟いた。

※旧約聖書　エレミア記「父が酸い葡萄を食べたので子どもの歯が浮く」が典拠。ここでは悪行とその報いの因果律から免れたいワルドの願望をダリオが諷する言葉と解釈できる。

彼は半分目を閉じた。

「さて、さて……遅くなりましたな。イギリス大使館で晩餐会があります。一刻も無駄にできません。私が治療を続けることをあなたは望みますか？」

「わしは何でも試してみたい！　治りたいんだ！　だがもう一度言っておくが、共和国検事への訴状は公証人が手にしている。わしに敵対する行動に、一歩でも踏み出してみろ、とたんにスキャンダルが勃発するぞ。わしは平静だ。お前の同業者たちは財産とお前にのしかかる名誉をお前に償わせてさぞかし満足するだろうよ」

ダリオの装飾品に皮肉な目を向けながら彼は言った。

「今度こそ、償いは高くつくぞ、この種の企てはひどく高くつくんだ。だがお前が何もやらんことは分かっている。思ってもみろ、あんなのは一度しか成功しないしわざだ」

「もう一度申しますが」ダリオは非常に冷ややかな口調で言った。

「その密かな陰謀は全てあなたの病んだ頭脳の中にしか存在しなかった。あなたは苦しんでおられる。私のところにいらっしゃった。私にはあなたを楽にする能力があります。今晩だって、あなたは恐怖も、苦しみに悶えることもなく眠るでしょう。今、どんな暮らしをされていますか？」

「一見至極正常だ、だが夜の発作がぶり返す、以前より強力で、辛い」

「もっと頻繁に？　月に二、三度？　それ以上ですか？」

「毎晩だよ、今は」ワルドは言った。

彼は死んだように蒼ざめていた。唇が震えた。

「苦悶は、わしが思うに、人間にごく普通の恐れが極端な形を取ったに過ぎん――わしは死ぬのが怖い」

彼は努めて笑おうとした。

「分かるかね？　それが、先生よ。この年で？　そんな思春期の恐怖症が……わしは戦争をやったんだ、それでも。いいかい、勇敢で、恐れ知らずでさえあったんだ。死ぬのが怖い！　怖いたあ、なんと弱々しい言い草だ！　床に就く、横たわったままでいられない、棺桶の形を考えちまう。明かりなしじゃあいられない、夜を、地面を考えちまう。目が閉じられない、二度と開かないのが怖くてだ。もし毛布で口をふさがれたら、わしは……わしは車に、鉄道に、飛行機に乗るのが怖い。結局、絶えず同じ夢を見るんだ」

彼はゆっくり額を手で擦った。

「砲弾で破壊された街にいる夢を見る、家々が炎に包まれている、爆撃でめちゃくちゃにされた道に沿って歩いている、腹を裂かれた家々の下で、そこから炎が噴き出して……結局、あんたに描き出してやるが、分かるな、一番恐ろしいのはそれじゃないんだ。女たち、怪我人たちの叫び声が聞こえる……中でも、厚化粧したひどく醜い娘があげる叫び声が、一つの叫び声が……」

彼は身震いした。

「……まだ耳の中に残っている叫び……それから、一つの窓に、身を屈めてわしに合図する女が見える……その顔立ちが変わるんだ。時々若い、シルヴィを夢に見る。わしは部屋まで上って、彼女に追われていると告げ、隠してくれと頼む……それから悪夢が混乱して、恐ろしくなり、化け物でいっぱいになる……どういう訳か、わしは自分を売り渡したとその女を非難する。自分の中に怒りが目覚めるのを感じる、いいか、魂を独占する怒り、破壊への熱狂がだ。わしは開いた窓の方へ女を押す、だが、いつでも、わしに虚空に突き落とされた女が落ちるのを見る前に目が覚めるんだ……だがそんなのは全て何でもない……ほかのもっと恐ろしい幻覚も覚えている。わしは……」

ダリオは立ち上がり、ワルドの肩にそっと手を置いた。

「ここで、ソファーで横になって。もうしゃべらないで。もう一言も。さあ、あなたの額に手を当てますよ。あなたを鎮めます。私の声を聞いて。絶望しないで。逆に、楽しんで。あなたは治ります。あなたは救われますよ」

30　おしゃべり女ども

ナイトクラブの玄関でダリオは一瞬、立ち止まった。目を閉じて、香水がしみこんだ女たちの毛皮の甘ったるい匂いを吸い込んだ。ナディーヌ・スークロチネと約束していた。彼女は彼を欺いた。彼女はずっと彼を欺いていた。彼はそれを知っていたが、これまで、彼女は彼を裏切りながらも、ある種の慎み、ある種の節度は保っていた。女には不実の作法がある。まだ男に執着がある限り、それは男に去られても構わなくなった時に男を欺く作法とは違う。彼は女たちとの経験から、二人の関係に持ち込まれたそのトーンの変化に気づいた。音楽好きが最初の楽音で直ぐにしょっちゅう聞いた曲を思い出すように。

彼は細長い小ホールに入った。壁は灰色で、紫のソファーが置かれていた。テーブルが互いに寄せられていた。ナディーヌはまだそこにいなかった。とにかく彼女は来るのか？

ダリオが占めたテーブルの隣では、二人の男と二人の女がテーブルに着いていた。大柄で、でっぷりして、勲章を飾った男たちは、小声で、はた目にも熱心に語り合っていた。二人は椅子を寄せ合っていた。株の名前と金額が聞こえた。二人はそれを口にすると、黙って、満足げにお互いを見た。自然か美術の愛好家に風景か絵画を語るように、ほのめかしただけで、相手は理解し、思い出し、嘆息し、感動した。

女たちは見るからに、正妻だった。金持ちらしく、宝石に覆われていた。名流夫人の高慢で落ち着いた威厳を漂わせ、これ見よがしにそれを身に着けていた。努力せずに贅沢を手に入れ、それを当然と思っている彼女たちは、贅沢にも銀行口座や遺産と同じ価値を与え、結局ダイヤモンドや真珠をくすんで、硬く、面白みのない物質に変えてしまう。愛人たちにとっては、一つ一つの宝石は闘争と勝利の記念であり、戦火で獲得した勲章のようなものだったが、この女たちはレジオンドヌール勲章のように身に着けていた。それはコネと奔走しか物語らず、人は感動もなく、単に自分を目立たせないために胸に飾る。

〝栄養たっぷりだ〟ダリオは思った。

知らない人間を見る時、彼はすぐに二つの階級に分類した――飽食した者たち、飢えた者たち。

女たちも、二人で話していた。オーケストラの音の中でも聞こえるように、極端に甲高い声を張り上げていた。ダリオは最初、ナディーヌが遅いことにばかり気をとられ、何の気なしにそれを聞いていた。だが、唐突に、自分の名前――「ダリオ・アスファール……医師のアスファールが……」が彼を驚かせた。一人は――「アスファール教授は……」とさえ言った。女たちは彼のことを話していた。

「あの男はもう流行(はや)らないわ」女の一人がきっぱりと断定的に言った。世間の女たちが、特に自分が分かっていないことを語る時、その無知を横柄さでうまく埋め合わせようとして使う口ぶりで。

ダリオはそっと顔を伏せた。ほとんど口を着けていなかったシャンパングラスを手の中で回した。今度は興味津々で女たちの話に耳を傾けた。人いきれと音楽の中でだしぬけに聞こえたこの陰口は、確かに無知で愚かな女たちのくだらないおしゃべり以上の意味を持っていた。それこそが彼が四年近く自分に向けてきた質問、他人を――他人の幻想、熱狂、信じやすさを糧に生きる男にとって一番心配でたまらない質問、彼が成りおおせたいかさま治療師（彼は臆面もなくそれを自認するほど充分にシニカルだった）にとってただ一つ重要な質問への回答だった。

〝そんなふうに、俺はもう流行らんのか……〟

彼はこの運命の警告を軽視しなかった。隣の女たちを眺めた。紫の光が化粧した顔を照らしていた――一人は太って、重苦しく、青ずんだあざがあり、赤黒い口紅をキューピッドの弓の形に塗った小さく冷酷な口、ぼってりしたピンク色の頬をしていた。彼女が身を屈めると、金の生地のドレスの襟ぐりの中に白粉を塗った乳房のつけ根が見えた。金髪を子どものような髪型にして、こめかみに小さな巻き毛がかかっていた。もう一人は大柄で、痩せて、そっけなく、真珠が長い首を縛っていた。しゃべりながら、彼女たちは前で踊っている男たちを眺めた。彼女たちの眼は厳しく、侮蔑的だったが、口が貪婪（どんらん）になれるくらい貪婪だった。自分たちが探すもの、欲しいものを知り、比較し、記憶する眼だった。ダンスの最中、一人の青年が彼女たちの側で一瞬立ち止まった。彼女たちは、玄人めいた、落ち着いて、同時に貪欲な様子で彼を眺めた。年輩のグルメが、すでに楽しみ、心の中でも賞味した一皿を、確かな感謝と同時に、欲しくなったらまたものにしてやるという傲慢な確信をもって眺めるように。

彼女たちはもう話しをしなかった。若者が遠ざかった。彼女たちは中断した会話をまた始めた。

「あの男は人気があったわね、一時は、それは否定できないわ」

「ピンクのドレスの女を見てよ！　リリーじゃないの！　まあ、太ったわねえ、可哀そうに！一緒にいる小柄なイタリア人、ちょっといいじゃない」

「自分でいかさま治療師とは言わないけど、辛辣な言葉を聞くわよ、でっちあげじゃなくて。私の友だちの息子がダリオ・アスファールに会いに行ったんですって。正確な額は覚えてないけど、あの人が決めた額が、何回か会って五、六千フランだったと思うわ。その青年は貧しいの。値切ろうとするわよね。そうしたらアスファールはぬけぬけと言うんですって。治療が効果的であるには、患者に努力して、辛い犠牲を払う気持ちが是非とも必要だ、この場合、彼に財産がないんなら、一番辛い犠牲は莫大な金額を投じることだって！」

「でもご存知？　あの男、新しいことは何もやってないのよ。あれは精神分析の教義だわ」

「そう、でも精神分析は真面目で科学的な学説よ。あのアスファール、あんな〝魂の師〟が、どこの出か知れたもんじゃないわ」

この時、彼女たちの声は急に激しくなったオーケストラの音にかき消された。ダリオはさらに頭を下げ、暗がりの中に顔を隠した。

また聞こえた。

「……アンリエットは、六ヶ月前から、もう男たちに我慢できないんですって。全部私に打ち明けたわ。夫も恋人も近づけられないの。恐ろしく辛いわよね、分かるでしょ、まだ若いけど、それでももう一瞬たりと快楽を手放せない年頃の女がよ」

「可哀想な人ねえ……」

「まあ、あなたがなんで彼女に同情するの？　情熱なしに生きる、つまり、それが大変な不幸かしら？　彼女は最初ウィーン学派の偉い精神分析学者のところに行ったの……」

「私はもう精神分析を信じない、あれは古いわ」

「私個人は一度もあの男に関わらなかった、ありがたいことにね」ダリオの側に坐った金髪の女が言った。指輪をはめた白い手を、むき出しのきれいな喉元に当て、そっと上げ下げしながら。

「でもアンリエットは？　あの男、アンリエットは治したの？」赤いドレスのブルネットの女が貪るように尋ねた。その顔は熱で当初の化粧の輝きを失い、他の時間はそうなるに違いない、暗く、満たされず、憔悴した有様を示していた。

「あのダリオはもの凄い金持ちのはずよ」金髪の女は友人の質問に答えずに言った。

「そんなこと信じちゃだめ、あの男、ひどく困ってるのよ」

「以前なら使ったお金をもう使えないものね、それが本当のところ。私は家族の医師に診てもらってるの。真面目な町医者のジンジャンブル先生よ。往診が六十フラン。私の夫が生まれたのを見た人よ。それで私、体の調子は悪くなってないわ」

「そうね、ああいうよそ者は私たちの信じやすさにつけこむのよ」

「素晴らしい新しいお医者がいるのをご存知？　全く新しい催眠方法で患者を治療するの」

「でもどんな病気を？」

「どんな病気もだと思うわ」

「誰があなたに話したの？」

「もう覚えてないわ。住所ならあるわよ、もし興味がおありなら。私はその人が若くて凄くいい男だって知ってるだけ。それでつまり、大変な人気よ」

ダリオはかすかにため息をついた。テーブルクロスにこぼれたシャンパンをまた自分で注いだ。流行、人気……うるさいおしゃべり女どもが……狂って馬鹿な雌どもが……この上十人の女がそれを聞いて、繰り返すだろう――〝ねえアンリエット・デュランはもうダリオ・アスファールのところへ行ってないのよ。そう、ダリオ・アスファールのところに行く人なんかもう誰もいやしない〟彼を叩きのめすのにそれ以上は必要なかった！　そうだ、役者みたいに、ナイトクラブの経営者みたいに、売春婦みたいに……

彼は思った――

〝本当に、俺は故意にこいつらの信じやすさにつけこんだんじゃない。俺はしょっちゅうこいつらを楽にしてやったし、時には治してやった、だが最高に高い値段を払わせた。こいつらが俺を許さないのはそれだ、だがな、もし神が俺に命をくれれば、こいつらは、もっともっと払うだろうさ！〟

31 丁度釣り合う相手

午前三時だった。エリナー・ワルドは、友人たち、酔ったアメリカ人の一団とナイトクラブに入った。ほとんどすぐさま、彼女はダリオに気づいた。彼がスキャンダルがくすぶってる、裁判が心配だ、ワルドを解放しなきゃならない、と自分に言った日から、彼女は彼に会っていなかった。今、もう一度、ワルドはダリオの手中に落ち、その毒牙にかかっていた。

〝よくやったわよ〟彼女は思った。

彼女はそれに感嘆した！　男が決して屈することなく、全てを、挫折すらも利用し、また落ちては、奇跡的にまた立ち直り、苦労して、指を血だらけにしながら、成功の厳しい梯子をよじ登った、これほど彼女好みの話はなかった！　成功！　それが何を意味するか、どれだけチャンスの割当てが小さいか、ダリオや、あるいは彼女自身のような経歴が、どれほどの努力、どれほどの闘争、どれほどの涙を物語るか、彼女は知っていた……

ところが彼がなんと疲れ果て、悲しげに見えたか！　そんな彼を見たくなかった。彼女は通りがかりに彼の腕に触れた。

「お一人？」

「おお！　あんたか？　エリナー」彼女の手に口づけしながら彼は呟いた。

「そう、一人だ。こっちに来いよ。ありがたいな……」

彼女は隣に坐った。

「待ち人来たらずだ」彼は言った。

「あのナディーヌ・スークロチネ？　彼女にいくらかかったの？」

「金のことは言うな、エリナー」

彼女は噴き出した。

「お金のためにしか生きてこなかったくせに！」

「エリナー、驚かせてくれるじゃないか！　世界でただ一人俺を理解できる女がいるなら、それはあんただと思っていたぞ。養う一匹の雌とちびを連れた、飢えて、追い詰められた獣を捕まえて、豊かな羊小屋に、緑の牧草地にいる大人しい羊たちの中に投げ込んでみろよ……だがな満腹してたら、俺だって、人並みに穏やかで、無防備でいられたかもしれんさ。ただ一人、金のために自分の命をくれてやれる女がいるぞ」

「それじゃ事業とお金、私の人生で大事なのはそれだけって思うの？」エリナーが呟いた。

「それさ、それに重みのない愛……」

「でも、私だって人並みに女よ」彼女は言った。

「自分と対等の男を見つけたかったわ。でも私には呪いがかかってる。それとももしかしたら、私の性格のあんまり男っぽい面が、いやでも、弱くて、女っぽくて、私に服従する男を求めてしまうのかしら。そうじゃない男は決して見つからなかった。先ず、ミテンカでしょ。あの気の毒な男、覚えてる？ それから、ワルド……それと他にも……私は探して──そして見つけたわ。いい男たちをね。肉体的に健康で、強くて、腕の中で女を粉々にだってできる。だけど私の中の何かがもっと何かを求めて、決して満たされなかったって思わずにいられないのよ……体だけの話じゃないわよ……」

「俺もだな」ダリオは言った。「この俺に丁度釣り合う女は一人も見つからなかった……」

彼は微かに微笑んだ。

「俺から遠く離れた、他の宇宙で生きてるのか、もしかしたら……だが俺と同じようなのは、一人もな」

彼女は煙草を一本取り出し、しばらく黙ってふかした。それから尋ねた。

「ワルドに一番最近会ったのはいつ？」

「昨日だ」

「毎日あなたのところに来るの？」

「ほぼな。あいつはしつこく俺を悩ませる」

「で……なんの変化も？」

「理性に関して？」

「そう」

「ああ！　いつも同じことだ」ダリオは慎重に呟いた。

「完全に健康に見える時もある。狂気すれすれで、ほんのちょっとでも動いたら落っこちそうな時もある」

「……それじゃ絶対彼を落とさないで」

「ただ、もっと深刻な症状があるんだ」

「本当に？」

彼は不安げに自分の周囲を見回した。だが皆ダンスをしていた。色恋とアルコールが支配するこの夜の時間、二人だけが醒めていた。

「今は自殺の強迫観念に取りつかれてる……昔の死の恐怖が入り混じって」

「でも、止まったのに……一時は」

「そうだな。あいつを繋ぎとめているもの、俺は本気でそう思ってるし、あんたには見栄もなく言うが、それは俺なんだ」

「あなたが？」彼女は苦笑しながら呟いた。

「俺のところで過ごす時間、長い分析、あいつを苦しめ、そして楽にする告白、あいつの人生はそれなんだ！　あいつは麻薬をやるようにそれにのめり込んでる」

フロアーダンスの最中はほの暗く落とされていた照明が強くなり、ピンク色に変わった。女たちは本能的に、明かりをありがたく利用し、バッグを開けて自分の顔を見た。エリナーは鏡に目をくれながらため息をついた。

「私、老けちゃった、いいえ」反論するダリオを制して彼女は言った。「私、それがよく分かってるの。これだけじゃないわよ」小さな鏡を指さしながら彼女は言った。「こんなの全部にうんざりするわ、このクラブも、この顔ぶれも、いっつも同じで……明日もひどくくたびれる仕事になりそうだし、慎重で、賢くて、人生が分かってて、興味も私と似ている男の助けもなくてね。こんなのは衰えた徴（しるし）よね、よく分かってるわ」

「嫌だよな、ここは」ダリオは嫌悪にちょっと顔をしかめて言った。「だがはっきり言うが、時々、俺だってもう家にいて、女房がゆっくり死んでいくのを見ている気力を失くすんだ、ダニエルの存在に耐えるのもな、あいつは俺がいる時はもう一言も口をきかん。人は俺を非難する……ナディーヌのことも……だがナディーヌは溌剌（はつらつ）とした娘さ。健康と快活さに溢れてる、それがこの陰気な心から思いをなんとか逸らせてくれるんだ。世間は俺たちの中に、もっとどす黒く、もっと腐ったものを見る。だがどこまで一番自然な思いがその元手と中身を作ってるか分かると妙な気がするよ。アスファール医師とエリナー・ワルドが一番市民的な暮らし、一番穏やかな結びつきしか望んでいないとはな」

二人のグラスの底にシャンパンが少し残っていた。二人は唇にそれを運び、黙ってゆっくりと飲んだ。

32　死に至る病

夏の終わりに、ダリオはワルドにパリを離れることを勧めた。彼は理想的な休息場所として、オーヴェルニュ（訳注：風光明媚な山岳地帯が多いフランス中西部の一地方）の小さな温泉地を教えた。そこから、ワルドはダリオに宛てて毎週、事細かな体の感覚、一つ一つの心の動きを記した長い記録を送らなければならなかった。

九月の初めに――秋の天候は暑く、雷雨で重苦しかった――ダリオは彼に命じた。

〝自分でホテルを選んで暮らしなさい、ただし最も厳格な隔離の中で。じっくり思索すること。休息すること。私に手紙を書くこと。遠からぬ私の到着を待つこと。私はあなたを診察します。それから一緒にまたパリに発ちましょう〟

しばらく経った。ダリオはワルドの手紙に答えるのを止めた。ワルドは待ち、もう一度手紙を書き、それから電報を打った。医師は数日間不在、と返事があった。彼はまた待ち始めた。確かに、ある朝、汽車か車に乗って出発し、パリに戻るか、他の場所に身を落ち着けに行くほど簡単なことはなかった。だが何事によらずダリオに従う習慣、ワルドの緩やかな人格喪失、医師の手中への魂の放棄が結局は実を結んだ。ワルドはダリオの意志によって、自分の力では逃れることのできない魔法の輪の中に閉じ込められてしまったように感じた。じりじりした怒りに駆られ、暴発を内に秘め、彼は待った。

秋雨が降り始めた。ワルドは一人の秘書だけを伴って暮らしていた。秘書は彼の暴力に怯え、長いこと心中、彼を〝意地の悪い気違い〟と思っていたが、生計に拘って彼から去らなかった。彼は毎日パリに戻るようワルドに懇願したが、ワルドは拒んだ。やがて、拒む労さえ取らず、暗い沈黙の中に閉じこもった。

ワルドはダリオを憎み、同時に、悪魔にとりつかれた人間が体から悪魔を追い払ってくれる者を恐れることがあるように、恐れた。彼は、ダリオが手紙か口頭で、眠り、落ち着くように命じた時しか安眠できなかった。ダリオ一人が説明できない苦悶を鎮める能力を持っていた——ワルドは群衆の中にいるのが、橋を渡るのが、自動車や鉄道列車に乗るのが怖かった。この心の病、メランコリーと暴力の間で揺れ動き、他人にはほとんど見えず、しかし恐ろしい、ワルドがダリオへの手紙の中で〝魂の癌〟と呼んだ緩慢な病は、鬱病期に、荒涼たる憂鬱に達していた。沈黙と、遂には精神を満たす死の静止がそれを作っていた。彼は最早自分を取り巻く暗黒の出口を探さず、深い麻痺状態の中で眠った。

ホテルは快適で、部屋はきれいで広かったが、戦争前に建てられ、装飾されていて、暗い壁、重々しい家具、フラシ天のカーテン、全てが心を締めつける老朽化して仰々しい外観をそこに与えていた。この季節、ホテルはほとんどがらがらだった。九月の雨が最後の客を追い払っていた。寒かった。暖房機に火は入っていたが、ロビーは熱を消してしまうほど広く、高く、がらんとしていた。することのないギャルソンたちが元気なく客間から客間を彷徨っていた。

ワルドはバーにいた。アルコールは禁じられていなかった。何も禁じられていなかったが、彼自身が絶えず防御、気のとがめ、恐れで自分を縛っていた。唯一、ダリオの家にいる時間が彼を解放した。彼は思った——

〝あいつの治療は全て、魂の恥ずべき澱(おり)を、父にも親友にも告白しないものを曝け出す瞬間に行き着くことにあるんだ。不思議なことに、シルヴィだけが、かつて、わしからそんなふうに告白を引き出した……だが、その後、わしは彼女を憎んだ……〟

バーを出ると、彼はロビーに戻った。喧嘩腰の呻(うめ)くような調子でギャルソンの一人に声をかけた——

「凍えちまうぞ……」

支配人が駆けつけた——ホテルはとても管理が行き届いていた。彼は暖房機が完全に作動しているのをワルドに示し、その焼けるような表面に手を近づけさせた。諦めた仕草で辛そうに腕を遠ざけながら付け加えた——

「季節ですね、ムッシュー……それでも、秋が深まるとこちらの山間はしょっちゅう晴れるんですが。いや今年、あなたは運がありませんね！」

ワルドは自分に当てられたこの表現〝あなたは運がありません〟が好きではなかった――決して好きだった験しがなかった。暴力的衝動はダリオによって祓われた、と彼は思っていた。だがそれは妄想、恐怖、盲目的執着の寄生的な肥大増殖に代わっていた。それはいい時で、なにしろ、他の時は、彼はかつての自分の盲目的な怒りが懐かしいほど、ひどく幻滅した、ひどく暗鬱なメランコリーに沈み込んだ。

ダリオ一人が彼を活気づけ、あれこれの運動を試み、これこれの手紙を書き、これこれの敷居をまたぐことを彼に強いることができた。一人で、ダリオは悪魔を追い払った。彼がいないと、恐怖が病人の魂を埋め尽くした。行動の一つ一つがダリオだけがどうにか解放できる苦悶によって麻痺していた。彼がいないと、慣習、魔法の呪文、自分で作った禁止が一番些細な動きさえ不可能と思えるようにワルドを縛った。横切ることのできない通りがあった。喉を通らない食物があった。暗闇、空間、群衆、喧騒、静寂、光、何もかもが彼には危険、混乱、罠だった。絶望的に、彼はダリオを待った。

九月の最後の日々はこんなふうに過ぎた。前の晩は雨が降らなかった。うっとうしい薄日が広がり、夕方、山々の頂がほんのり光に照らされた。また今日も、にわか雨が降った。

ワルドは昼食を摂った。ロビーで一人だった。扉から扉へと歩いた。絨毯の花模様、電気ランプ、ガラス窓にとまった老いて死にかけた秋の蠅の数を数えた。蠅は時々目を覚まし、ぶんぶんいう音が長く聞こえた。

彼は窓に落ちる雨粒の音を聞いた。大きな黒い松の木とにわか雨の中で光るその赤茶けた幹を眺めた。何という静けさ！　バーテンが新聞をめくる音が聞こえたが、直ぐにそれさえ止まった。バーテンは空き時間に眠るバーの隣の小さな片隅に引っ込み、ワルドは改めて、一人になった。何をしよう？　また自分の部屋に上がるのか？　死ぬ時も誰一人救けに来ないほど、しっかり閉じられ、隙間をふさがれ、外部に対してしっかり守られたホテルのあの部屋以上に不吉な場所があるか？　彼は気絶、出血を想像した。紫の絨毯の上で血を失い、呼び鈴までたどり着く力のない自分を思い描いた。身震いした。恐怖を祓わねば。だがそれができるのはダリオだけだ！　誰にもその力はない！　ダリオはどこだ？

この二年、ワルドがどんな些細な動きをしても、彼はそこにいた――〝何であいつはここにいない？　わしはあいつに金を払ってるんだぞ〟

彼はダリオがいくらかかったか計算しようとした。ヨットより高く、厩舎より高く、ハーレムより高くだ、だが、少なくとも、これまでは、あいつはいつもわしの傍らにいた。昼でも夜でも、わしの魂に暗黒、寒さ、苦悶の虚無を告げる最初の影が広がる時、ダリオはそこにいたんだ。一方で、ワルドはダリオを軽蔑し、憎んだ。こう思った。〝あいつはわしから搾取しやがった。わしの病気で生き、肥え太ったんだ〟もう一方で、彼は盲目的な信頼を彼に寄せていた。〝わしにはあいつが必要だ〟彼は思った。〝あいつがいなきゃわしは死んでしまう〟

彼はいきなり立ち上がり、事務所に行き、電文を書いて、案内人に渡した。昨夜以来ダリオに送る三通目の電報だった。ダリオは辛抱強く待つよう彼に命じていた。だが彼はもう辛抱できなかった。狂ってしまう。自殺してしまう。ダリオの言葉が創ってくれる安らぎのオーラが彼には必要だった。時折、自分の魂に及ぼすその力から自分を解放しようとして、彼は、こっそり、一九二〇年に、偶然か——あるいはアンジュ・マルティネッリが——初めて、自分の枕元に登場させた時のダリオを思い浮かべた。惨めでしがないよそ者の医師、肘をてからせた窮屈な上着、不安げな雰囲気、飢えた眼差しを。

〝だがあいつはわしを楽にした！　解放した！　どういうわけだ？〟

人間生来の、従属と謙譲への欲求、だが不信心なワルドが人間の援けがなければ満たせない欲求を、ダリオだけが認め、安全、平安、許しの痕跡を与えることができた。だがダリオは彼を見捨てた。そして彼は身を守る術のない子どもと同じくらい途方にくれた自分を感じた。

いきなり盲目的な怒りがこみ上げ、彼を揺さぶった。

〝いったいなんであいつは来ない？　汚いいかさま治療師が！　自分を欲しがらせたいんだ。もっと値段を吊り上げたいんだ。まるでわしが出し惜しんだみたいに！〟

彼は——この午後十回目の——合図を案内人に送った。

「電報は来ないか？」

「全くございません、ワルド様」

ダリオの忠告で、事業経営を完全にエリナーに委ねて以来、彼は忘れ去られ、無視されていた。とは言え、彼は事業主だった。かつての山のような郵便物がどれだけ懐かしかったか！

彼は若き日の厳しく簡潔な調子を取り戻して言った――

「わしは電報を待ってる。君はすぐそれを届けさせてくれるな？」

「間違いなく、ワルド様」案内人は穏やかに答えた。彼はワルドが女を待っていると思っていた。

ワルドはがらんとしたテラスに雨が落ちるのを眺めながら、入口の回転扉の前に立ち尽くした。秘書が、慎ましく、ひっそりと彼に近づいた。主人は彼に卑屈な恐怖を抱かせた。彼は妻に手紙を書いた――〝断言するが、彼は気違いだ、意地の悪い気違いだ〟その時、彼の妻は自分の運命とワルド夫人の運命を較べて、満足を感じた――〝私は、能無しの馬鹿と結婚しちゃったけど、気違いと一緒になるよりはましだわ！〟タイピストの打ち明け話を思い出すと、彼女の歓びは消えた。〝ワルド夫人は心配なんかしてないわ。一人で会社を切り回してるし、あの高名な医師で、山師、いかさま治療師のダリオ・アスファールの愛人ですもの〟

「なんて天気だ」ワルドは言った。

「そうですね……気が晴れませんね……ちょっとお出かけに？」

「君には雨が見えんのか、え？」

「はあ……私は……車……と思いまして」ほとんど野蛮な表情を浮かべてワルドは言った。

「車だと？　だめだ！」かつては、どんな車もスピードが足りないと思っていた彼の中で、唐突に生まれた車への恐怖を、ダリオだけが知り、ダリオだけが祓った。車が、汽車が、彼は怖かった。ああ！　長々と陰鬱に汽笛が鳴り、切れ味鋭い（そうだ、時に思いは小刀で切るように心を横切る）幻影とともに、カタストロフ、ガラスが砕ける大音響、ひっくり返ったボイラーがひゅうひゅう鳴る音、怪我人の叫び声、車両の下で砕かれた骨のきしむ音まで想像する時の苦悶を誰が言い表せるか！　そして同じように、車も……同じように、夜、火事の恐怖……違う、違う、これは全部ほんとじゃない、いきなり目覚めながら彼は思った。これは幻影だ、病人の妄想だ……ダリオ、ダリオ、ダリオ……

「おい、あの……（彼は秘書の名前を忘れていた。その名を思い出すのに彼は恐ろしく、辛く、空しい努力をした。一方秘書は怒りで顔を染めた。この忘却を一つの侮辱、金持ちが給与生活者に向ける軽蔑の徴と思ったから）君はアスファール医師にちゃんと電話したんだろうな？」

〝今朝から三度もそう頼んだじゃないか〟秘書はため息を押し殺しながら思った。彼は言った

――「はい、先生はご不在でした」

ワルドはいきなり扉を押して、外へ出た。何かまだやることがあるか？　唯一の手段は、家族用の侘しくちっぽけなカジノだった。賭博場には彼と係の男たちしかいなかった。しばらくして

女が一人で入って来た。彼は誰もいないバーで一杯やろうと彼女を招いた。彼女は美しくなかった。金髪でもう自分でひっかいた肌に細いかき傷がついていた。秋の桃のような、傷んで張りのない肌だった。二人は一緒に外に出て、雨の中を、ちょっと川沿いに歩いた。彼は翌日、自分が行かないと分かってる約束を彼女にしてやった。ホテルに戻った。

「ボーイ、わしあての電報があるか、見に行ってくれ」

「何もありません。ムッシュー」

彼はまた電報を送った。

〝大至急、切に貴殿の来訪を願う、すなわち、命じる。ワルド〟

翌日は一日中返事がないままにワルドに過ぎた。

次の晩の十一時に、秘書はワルドに起こされた。

「明日の朝、一番でパリに電話しろ、医師にだ。明日の晩、あいつはここにいなきゃいかん」

ワルドは服を脱いだ。襟を緩め、ネクタイを外して、手の中でしわくちゃにした。話すのも息をするのもやっとだった。怯えた鳥の胸がぴくぴく動くように、首筋が素早く脈打つのが見えた。目が熱でぎらぎらしていた。

秘書は自分の恐れも、貧乏人がその人のおかげでパンを得ている人間と向かい合った時に普通感じる怨みも忘れるほど彼が哀れになった。

「ムッシュー、お許しください……お聞きください。一つご忠告させてください。ここを発ちましょう。ここにいたってあなたには何にもなりません。こんな天気、こんな陰気臭いホテルじゃ、誰だって気が狂って、死にたくなってしまいますよ……お聞きください、ムッシュー……発ちましょう！　明日直ぐ発ちましょう！」

ワルドは彼を眺め、突然噴き出した。

「言えるか？」ヒステリックな女のような奇妙に甲高い声で彼は尋ねた。「言えるか？　これが本当か？　養鶏場の鶏の周りに輪を描く、柵じゃなく、印として、棒の先で地面に描くんだ。めんどり（だかアヒルだかもう分からんが）は羽根をばたつかせる、狂ったように鳴く、それでも逃げる決心がつかん？……そいつは本当か？」

「分かりません、ムッシュー……」

ワルドは黙った。閉まった扉にもたれて、立ち尽くした。

「ムッシュー」とても小さな声で秘書が言った。

ワルドが言った。

「出て行け」

そこで秘書は自分の部屋に戻った。彼は後に語った。

「一晩中、部屋で歩くのが聞こえました。翌日、電話で医師は居場所を残さず、長い旅に発った、という返事をもらいました。私はワルドさんから罵られるのを覚悟しました、真実を言わされることになれば。あの人は神様のようにあのいかさま治療師に望みをかけていましたからね。

あの人は乱暴者でした。でも何も言いませんでした。一日中、私は自分の部屋にいました、あの人と会うのを避けるために。夕食に、あの人はシャンパンを一本注文しました。以前は、随分飲んでいたらしいですが、あの人の所に来て二年というもの、食事でほんの少しのワインと異様な量の炭酸水を飲むのしか見たことがありませんでした。夜、私の部屋は浴室であの人の部屋と隔てられているんですが、そこから天井に飛び上がるペリエ水の栓の音が聞こえましたね。あの人はシャンパンを一瓶全部飲んで、私に言いました——

「さあ、わしは治ったぞ。もう恐ろしくない。こんなに気分が良くて、こんなに幸せで、こんなに自由だったことは一度もなかった」夕食の後、あの人は外に出ようとしました。犬も外に出ない天気でした。外には人っ子一人いませんでした、絶対確実にです。私はあの人と一緒に出ようとしました。あの人はそれを止めました。あの人がこん棒で殴るようなそっけない言い方をしたら、従うしかありませんでした。その上、あの人は酔っぱらいらしく楽しそうで高揚していたんです。出て行きました。おそらく街の一番低い方へ、川の方へ向かったんです。足が滑ったのか？　霧に迷ったのか？　医者が言ったように、狂気の発作を起こしたのか？　朝早く、人が来て私に告げました、あの人が溺れて、死体は引き上げたと」

33　アスファール家の晩餐

ダリオ・アスファール家の晩餐は始まったところだった。クララは大臣とアカデミー会員の間の、自分の席に着いていた。最高の期待がかかった、この季節最後の最も大切な会食の一つだった。ダリオの懇願にもかかわらず、クララは全力を振り絞って、起き上がり、万事に気を配り、主催者の役を務めようとした。

彼女は照明で照らされ、花が飾られた長テーブルが時々ぼやけて見え、招待客たちの声が遠ざかって、ほとんど聞きとれないほど衰弱していた。幸い、彼女はもう話をせず、微笑んでいればそれでよかった。丁重で、機械的な微笑みは大臣の機知のひらめきも、春の初めの戦争を予言するアカデミー会員の悲観的な意見も、同じように無頓着に受け容れた。それでも自分自身にすっかり満足している二人は女主人に満足するだろう。二人の給仕長は自分たちの給仕をきっちりと務めた――一人が料理を、もう一人がパンとソースを紹介した。ダリオ家は行き届いていた。

クララは招待客の誰にも目を向けなかった。多くの金持ちや有力者、作家、政治家、それに高名な医師たちさえ（彼らはいかさま治療師を軽蔑していた……だが食事は素晴らしかった――家を出てから彼を誹（そし）るのは簡単だった）自分の側に坐っているのを見たが、彼等もやはり好奇心をそそらなかった。彼女は世界でただ一人の存在しか目に入らない女だった。その目に他の人間はいないも同然だった。彼女はダリオ以外の者に美も知性も見出さなかった。ひたすらダリオの役に立つ限りにおいて彼等に興味を持った。彼等がダリオが好きなら、彼に敬服するなら、あるいは彼にとって有用なら、その感性も美徳も認めた。

このとても長く、ひどく疲れる晩餐の中で、二度の給仕の合間に一つの休止、一瞬の休憩があり、その時、薔薇でいっぱいの花鉢の上で、彼女の目がダリオの目と合った。彼女は他人たちが気づかない、口を軽く、優しく、冷やかすようにとがらせる彼の微笑をちらっと見た。彼はそれを通して彼女に感謝し、彼女の全ての労苦に報いていた。

給仕、花、そうした全てが非の打ちどころなく、没個性だった――彼等は、二人とも、自分たちの趣味を信用しない賢明さを持ち合わせていた。盲目的に流行に従った。今晩はピンクの刺繍に被われた金のラメのテーブルクロスを敷いていた。二人とも嫌だと思ったが、どこでもそれが流行っていた……ダリオの右手にフィリップ・ワルドの未亡人、エリナーがいた。クララは時折彼女に目をやり、微笑んだ。彼女はエリナーの存在を心の中で、神に感謝した。自分、クララがもうここにいない時に起こるだろうことを彼女は知っていた――今起きていることを知っていた。最後にダリオとダニエルの運命に安心しているのはなんと幸福だろう。老いが来るにつれ、借金、悪習、恐ろしい金の必要を抱え、さらに暗澹としたダリオの行き詰った窮状を彼女ほど知る者はいなかった。彼はエリナーと結婚するでしょう。彼女と幸せになるでしょう。この冷静なやり手の女性なら彼に財産を保証してくれるでしょう。老いて下劣な危なっかしい情事から彼を護ってくれるでしょう。痛ましいご亭主が死んで以来、彼女は自由の身。ダリオと息子のためにお金を投じてくれたら？　どうしてだめ？　ずっと以前から、クララはもう嫉妬しなかった。彼女は年老い、疲れていた。体なんてどうだって！　まだ体で楽しめる時に、人はそれに苦しむのよ。数々の不貞にもかかわらず、彼女は、自分には他の誰も知らないダリオがいることがよく分かっていた――よりピュアな彼の優しさ、もう女でなくなった今、彼女にはそれで充分だった。

彼女はゆっくりと、だが丁重に、話題に応じて隣人たちに答えた。超人的な努力で微笑みながら。そして花屋の勘定書、月の締め、今夜一本残らず飲んでしまったシャンパンのケース、ラ・カラヴェルの庭師の給金、自分の病気、臨終の時、そして何にも増して、ダリオ本人以上に、自分の子ども、自分の息子、可愛いダニエルのことを考えた。彼は出された料理にほとんど手をつけず、憎しみと軽蔑を込めた激しい眼差しはダリオからもエリナーからも離れなかった。

彼女は神に祈った――

〝この子が騒ぎを起こしませんように！　黙っていてくれますように！　神様、この子に寛大さを、父への愛を抱かせて！　神様、私の悲しい夜、病気、苦しみの全てをあなたに差し出します。どうかダリオがいつも息子に愛されていると思えるように、息子が彼を許すようにしてあげて。彼に大きな憐れみを持ち、だからこそなお一層彼を愛し、いつも心の底から彼を許した私のように、彼をお許しくださるあなたのように、神様！……彼は人一倍強く、熱烈に富を望みます。あなたが彼に血、欲望、熱、他人以上に愛したり憎んだりする能力をお与えくださったとしても、それは彼の過ちではありません。彼は地面の泥でできています、純粋な精神でできてはいません、でも神様、そんなふうに彼をお創りになったのなら、あなたは彼を憐れんでくださいますね！　ダリオ、ダニエル、私の愛する者たち！　神様、全てが二人にとって良いようにしてください！〟

彼女は時々自分の思いから覚め、給仕長を目で追った。グリーンソースにとろみが足りなかった。まあ、ディノ侯爵夫人のお宅ではサーモンと一緒にどんなのが出たでしょう？　料理について彼女は安心していた。装飾と給仕はいつも必ずしも……だが料理について、彼女は安心していた。パリでもこれほど繊細で、贅沢で、多彩で、しかも同時に、体にいいご馳走が出る屋敷はほとんどなかった。大臣もアカデミー会員も一皿毎にお代わりした。この晩餐がどんなに長かったか！……彼女はこっそり丸めたハンカチをこめかみに当て、冷汗を拭いた。

やっと、大臣はお皿の上の最後の四半分のオレンジを食べ、アカデミー会員は一九一四年のボランジェを最後の一滴まで飲んだ。晩餐は終わった。

両親と子ども、まだ照明が輝く客間で、今、彼等は三人きりになった。世帯持ちの上手なクララは照明を消したかったが、もうその力がなかった。死ぬほど疲れたという嘆きが口に上りかかったが、なんとか堪えた。ダニエルは窓の前に立っていた。

クララは迂闊にもそっと尋ねた。

「楽しかった？　あなたは」

彼が楽しくなかったことくらい彼女には分かっていた。何か悩みに苛まれているのが充分分かっていた。だが極度の愛情は不器用で不安定だ。彼女はおそらく、奇跡、好ましい返事、微笑みを期待した。今、彼はひどく真剣で、にこりともしなかった。気立てが良く、優しい子どもだった彼、彼女のダニエルが。

「楽しかったの？　あなたは」彼女はもう一度言った。

「そうか？　お前は満足か？」ダリオが尋ねた。「お前のためにお前が敬愛するあの小説家を特別に招待したんだ、お前を喜ばせたくてな」

「ごらんなさい」クララがか弱い声で言った。「なんていいお父さんでしょ」

彼女は眼差しでダニエルに懇願した。

〝感謝の一言を言ってあげて、いえ、それじゃなくても、愛情のこもった楽しそうな声で話してあげて……可哀そうなダリオ……なんて疲れてるの！……なんて顔色が悪いの……私のことが心配なんだわ。お金のことが心配なんだわ。彼にはこの世で一瞬の安らぎさえなかった。子どもは無情……〟

「僕はあいつ……あの女しか見てなかった」ダニエルは恥ずかしさと憎しみに満ちた若者の鋭い声で言った。「あのエリナー・ワルドさ！　あなた方のテーブルの他の人間なんか誰も目に入らなかったよ」

二人とも彼に答えなかった。驚き、うろたえた両親は、必死に他の話題を探した。だが――

「なんであなたはあの女を受け容れたの？」彼は母親に向かって言った。「恥ずかしくないの？」

「ダニエル！」威圧的な声でダリオが叫んだ。

ダニエルは二人を正面から睨みつけた。

「あなた方は真実が怖いんだ」彼は挑むように言い放った。「僕は黙るさ、いいかい、もし一瞬でも母さんがあんたたちの関係を知らないっていう望みが持てたら。だけど、結局、母さん、皆が言ってることをあなたは忘れられやしないよ、パパとあの女がワルドさんを殺した、あの女がつまり、親父に金をやるってことを！」

「誰がお前にそう言った？」ダリオが呟いた。唇が白かった。

「皆だ、言ったじゃないか、皆だよ！　あんたの背中の後ろで、あんたの招待客たちがだよ、僕は彼等が囁くのを聞いた、彼等がせせら笑うのを見たんだ……母さん、僕のために、もし僕を愛してくれるなら、頼むからもうこんなことを許さないで、もうこんなことを我慢しないで！」

「いや、ダニエル、お前は狂ってる……いや決して……」

「じゃああんたは僕がそこまで信じやすくて、そこまで無邪気だと思ってたの？　あんたが僕の目に見せたがるようにあんたのことをほんとに思ったとでも？　偉大な医師、天才的発明者、ひょっとして第二のフロイトだとでも？　いかさま治療師、それがあんたじゃないか、陰険な相場師、それも一番下劣な相場のだ！　他の奴らは人間たちのポケットと体から利益をくすねる、で、あんたは彼等の魂からだ」

「お黙り、ダニエル、お黙り、あなた、黙ってるって私に約束したじゃないの！　あなたのお父さんよ。あなたがこの人を裁くことなんてできない。あなたに裁く権利はないの。あなたをけしかけるのはシルヴィ・ワルドね！」

だが二人は同時に、彼女の方に振り向いた。

「でもあの女だわ！　一体あなた、分からないの？　ダリオ。この子が私たちを軽蔑して、拒絶するのはあの女のせいよ……」

「ああ！　あなたじゃない、母さん、あなたじゃないよ！」

「俺だな？」ダリオが言った。

彼は苦笑しようとした。だが骨の髄まで、心臓の中まで、深々と痛手を感じた。

「馬鹿野郎」彼はさらに声を落として言った。「俺が誰のために金持ちになろうとしたのか？母さんとお前のためだ。俺よりいい人生をお前にくれてやるためだ！　お前が飢えも、試練も、悲惨も知らずにすむように、お前のため、お前の子どもたちのためだ。お前の時代が来たら、お前が今日俺にくれる歓びの百倍報われるためにだ。お前が正直で、無欲で、高潔で、善良で、汚れなくいられるためにだ、名家のお生まれみたいにな！　お前は正直な人間になる定めじゃなかった、俺と同じで。だが俺はお前に全てをくれてやった、文化、名誉、気高い心の贈り物をしてやったんだ……栄養たっぷりで、この世と心の富に満たされた俺の息子、お前には俺が分からん。だからって俺は驚きも、心配もせんぞ。それは道理の内だ。お前は俺を傷つける、俺を痛めつける、だがな、もし必要とあらば、俺は自分がやったことをやり直すぞ、騙し、裏切り、盗み、嘘をつくぞ、もしお前に一切れのパン、もっと穏やかな人生、俺を打ち砕くその美徳をくれてやれるなら。俺は弁解しない。それは俺には似合わん。エリナー・ワルドはこれからも受け容れるぞ、母さんの承認を得てのことだからな……」

「あなたに誓うわ」母は叫んだ。「私、誓って言うわ、あなたは誤解しているのよ！　誓って、二人の間には何にもないの！　私、あなたに禁じる、いいわね、ダニエル、私、あなたに禁じるわよ……」

彼女は彼の手を掴もうとしたが、嗚咽（おえつ）し、呻きながら坐っていたソファーのクッションに倒れ込んだ。ダリオは息子の肩を掴んで外に出した。

34　クララの死

翌日、クララは普段通り起き上がろうとした。だが人事不省に陥り、心臓が弱り、死が間近に迫っているのは明らかだった。

クララが息子に会いたいと頼んだ時、ダリオは全ての望みを捨てた。妻の部屋のベッドの側で、妻の上に屈み込み、空しく薬と注射で蘇らせようとした。だが今晩中に全ては終わるだろう。

小間使いがダニエルに知らせに来た。使用人が悪い知らせを告げる時に使う密(ひそ)やかで物々しい口調で言った。

「ダニエル様、奥様のお具合がもっと悪くなりました。旦那様があなたをお呼びです」

ダニエルは母が危険な状態にあるとは全く思っていなかった。ぎょっとして部屋に走った。

「ああ！　僕は何をやったんだ？　何をやってしまったんだ？」彼は泣きながら繰り返した。自分が確かに母を殺してしまったと思った。彼女は自分の病気を実に注意深く彼に隠していた。今初めて彼は母の弱さ、痩せた手、蒼ざめた顔を思い出した。部屋の乱雑さに驚いた。ガラスの小瓶と下着がベッドの上に散らばっていた。ランプが全部灯され、ベッドの側のランプは、注射を打つ間なるべく明るくするために笠が外されていた。秋の重苦しい天候だった。

ダリオが彼に近寄るように手で合図した。だが彼は恥じ入って、壁際に滑り込み、お仕置きされた子どものようにそこに身を潜めた。母がゆっくりと自分の方に顔を向けるのが見えた。ほとんど母とは分からなかった。

〝二時間でこんなに人は変わってしまうのか〟彼は茫然として思った。

〝母さんが僕に親父にキスさせたり、許しを乞わせたりしなきゃいいけど〟彼は突然そう思った。母の心を和らげるためなら、何だって難しくも、屈辱的でもなかった。それにしたって、なんと下劣な嘘、なんとひどい喜劇だ！

ところが彼女はそんなことを一切求めなかった。ただ息子がそこにいることだけを願い、彼の言葉も最後のキスさえも求めていないように見えた。女が、一番ひ弱で病気か怯えた子ども一人のために他の最愛の子どもたちを放っておくように、彼女は夫から目を離さなかった。少しづつ、ダニエルはやっとベッドに近づいた。ぎこちなく黙って膝を着き、我知らず、はっきり声を出して祈った。ダリオにも、おそらくはクララにも、彼が辛い昏迷の中で繰り返し呟く言葉が聞こえた、ずっと同じ――「神よ、お許しください……」

だが、昔、そばで彼が泣いたり遊んだりした時、二人はそれを聞かずに話し続けたように、この晩もやはり、彼の祈りも涙も、夫婦には届かなかった。

彼にはいつも蒼ざめ、目の下が黄ばんで見えた母、その頬がいきなり朱に染まった。いくらか力を取り戻したように見えた。おそらく二度目の注射が無益だと分かっているダリオは、ベッドの枕元のランプ以外、照明を全て消していた。外した笠を元通り着け直そうとしたが、それを投げ出さねばならないほど手が震えた。一瞬手を止めて、絶望的にクララを見つめた。彼女はかすかに呟いた――「そのままで……」だが彼は歯を食いしばり、躍起になった。おそらくそれが自分が彼女にしてやれる最後の務めと思って。とうとうそれも諦めた。彼は何時間か前、彼女が暑いとこぼしながら肩から滑り落とした絹の裏地が着いたウールの上着を掴み、ランプに投げた。

それからダニエルは父がベッドの縁に坐り、クララの手を取るのを見た。時々、ものも言わず、夢中でその手に口づけしたが、時に職業的な習慣を取り戻し、脈を取った。その時、彼の顔は注意深く、冷ややかになった。

終わりが近づくと、クララはしばらく錯乱状態に陥った。自分がどこにいるのか忘れていた。ロシア語をしゃべった。ダニエルはその言葉が分からなかった。

こうして彼は、言葉が分からないまま、ダリオとその妻の最後の対話に立ち会った。クララは自分の部屋の壁に目をやった。弱った耳に窓の下の、オシュ街の喧騒が届いて聞こえた。だが思いの中で、彼女はオリエントに、父の時計屋の中にいた。彼女はこう囁きながら、ダリオの手を取った——

「入って！　早く来て！　父さんはいないわ。食べたの？　パンが欲しい？　なんて疲れてるの、可哀そうなダリオ、なんて蒼ざめて痩せてるの！　どんなに長い道を歩いて……」

死にゆく女は泣き始めた。

「またぶたれたのね……また辱め(はずかし)を受けたのね……私のダリオ……」

突然、彼女は我に返り、またフランス語をしゃべった。クッションの上に上げてくれるようにそっと頼み、水を飲もうとした、それから過去と現在が入り混じった——

「あなたはいつもなんて私に良くしてくれたんでしょ、ダリオ、そして私の息子にも！　私がもういなくなったら、誰があなたを憐れんでくれるのかしら？」彼女は突然真剣に、率直に尋ねた。

彼女は顔を伏せた。

「私はあなたを愛しているわ。あなたのためなら盗みだって働いたでしょ。あなたと息子のためなら人だって殺したでしょ。だからあなたは私に、この私に定められているの、彼女じゃないのよ。彼女はほっておいて。シルヴィ・ワルドはあなたを救わないわ。私たちみたいな人間は救われないのよ。ああ！　ダリオ、他なら誰だって、でもあの女はだめよ……」

彼女は息を弾ませた。彼は彼女の最後の言葉、最後の息を聞き取ろうとしてその口の上に身を屈めた——

「あの女はだめ……」

「俺は決してお前しか愛さなかったんだ」ダリオは叫んだ。声を張り上げて、自分の言葉を彼女に聞かせようとするように。ずっと前から、彼女はもう聞こえていなかった。

しかし、しばらく後、彼女は恐るべき頑張りで手を持ち上げ、祝福し愛撫する仕草で、その手を俯いた夫の頭の上に置いた。彼女はその夜のうちに死んだ。

35　父と子

埋葬後二日目の晩だった。ダリオは睡眠剤の容器を手にして、息子の部屋に入った。

「これをやるといい。お前、眠ってないんじゃないか？」

「いや」ダニエルは呟いた。とはいえ二日間、目を閉じていなかった。だがどうして父にそれが分かったのか？

昨日の晩、自分の部屋の扉の向こうで父が静かに歩くのが聞こえたことを思い出した。辛い不眠の中で、その軽い足音ほど彼をいらいらさせるものはなかった。父はいつも音もなく歩いた、野獣のように。父が好きだった頃でさえ、その静かな足取りは彼をひどく嫌な気持ちにさせた。

ダリオはコップに水を注ぎ、錠剤を二錠投げ入れた。

「これを飲むといい。だがその前にお前に言っておきたい――お前みたいな子どもはすぐに運命を呪って、それからひどく自分を責めるが――自分が母さんを殺したとは思うな。母さんは助かる見込みがなかったんだ。こんなことは言わん方がいいのかも知れん。あの……不幸な、巡り合わせの印象はお前に残しておく方が賢明かもしれん、お前が将来もっと寛容、寛大になるためには。だが俺は……お前が苦しむのを見ていられれん。俺はお前を愛しているんだ」

「父さん、僕は絶望してる、心が張り裂けそうだ、こんなふうに、母さんのいる前だって。ほんとに、僕は母さんがいるような気がするんだ……」彼はもっと小さな声で言った。

二人とも身震いした、そして思わず、部屋の暗い片隅に目をやった。

やっとダリオが小さな声で言った。

「何でもないさ。愛する誰かが死んだ時はいつだってその人を感じるもんだ……幻さ。何でもありゃせん。お前、何が言いたかったんだ？」

「どうか僕には冷酷であって欲しい。あんたに冷酷にされた方が、優しくされるよりましだよ。

僕はあんたを愛せないんだ。自分の親を憎んだって恐ろしくない、恐ろしいのは愛そうと無駄に努力することだよ」

それを問うつもりはなかったが、意に反し言葉が迸(ほとばし)り出た。

「だがなんでだ、一体？　なんでなんだ？」ダリオは苦い叫び声を上げた。

「もしあんたが惨めな、見捨てられた貧乏人だったら、もしあんたが食ってくためには中絶だってやる怪しげでしがない医者のままでいたら――いいかい、僕は全部知ってる、一つ残らず聞いたんだ――もしあんたがレヴァントのどっかの市場にずっといる定めの絨毯かヌガーの商人だったら、僕はあんたを愛せたかもしれないよ。もしあんたががさつで、無教養で、自分が悪事をやってることも知らなかったら……だけど、とても遠くから来て、とても低い所から這い上って、ものにするのがえらく難しかったからこそ倍も大切な知性と教養を成功と金のために使う、そんなに強くて、そんなに利口だったら、それは罪だよ！　それにあの女ども、あのエリナー、自分たちの汚れた秘密をあんたに打ち明けに来るあの気違いどもの行列、そんな全部がおぞましくて、僕をぞっとさせるんだ……」

「そうか、当然、お前は金も、成功も愛さんからな！」

「そうさ、そうさ、絶対にそうさ」ダニエルはうんざりした嫌悪の表情を浮かべて言った。

「黙れ！」

「お分かりの通り僕は成功を憎んでる」

ダリオは肩をすくめた。

「僕は金を憎んでる！」

「シャー！　黙れ！」

彼は繰り返した――

「シャー！」

感極まった中で侮蔑を表すために、文明人の作法を忘れた時、彼は野生の猫の唸り声を吐き出した。

「お前は自分の言うことが分かってるのか？　俺みたいに、女房子どもをこの腕に抱えて飢え死にしそうになってみろ！　路頭に迷ってみろ！　自分が孤独で、死んだって誰一人身内を気遣ってくれず、親もなく、友もなく、皆に白い目で見られるよそ者だと知ってみろ！　お前が最初の子どもをほとんど飢え死にさせちまったら、もう一匹食わせる惨めながき（お前だ！）を抱えたら、何週間も来ない患者を待って窓に貼りついたら、全然もらえない報酬を求めてベルヴィルからサン＝トゥアンまで這いずり回ったら、隣人たちに、何もしなくたって、薄汚いよそ者、外人、いかさま師扱いされたら、その時こそ、お前は金と成功を語れるんだ、それが何かが分かるんだ。それでも〝僕は金がいらない〟って言うんなら、俺はお前を尊敬してやる、どんな誘惑についていて自分が語っているのかお前は知っての上だろうからな。だが、今のところ、お前は黙っていろ！　他の男を裁く権利があるのは一人前の男だけだ！」

「僕たちは同じ言葉をしゃべってないね」ダニエルが呟いた。「僕たちはほとんど同じ人種じゃない」

「俺も親父と同じ人種じゃないと思っていた、そうじゃなく限りなく優れたもう一つの人種だとな。お前は俺に逆のことを教えてくれたよ。これは時間だけが解くのに力を貸してくれる問題だ」

彼はダニエルに近づき、額に軽く口づけした。息子の身震いを感じる風もなく。揺るぎない愛情を込め、彼は用意した水薬を息子に飲ませ、音もなく姿を消した、来た時のように。

36 旅路の果て

ダリオ・アスファールとエリナー・ワルドの結婚式は〝最も厳密に内輪で〟型通りに挙げられた。新婚夫妻の年、双方の最近の不幸のために、そして何より二人とも極度に仕事に取られ、時間がなかったから。とはいえ、二人は八日間、ラ・カラヴェルで静かに過ごそうと決めていた。ダリオはラ・カラヴェルで、好きな邸宅と庭園を眺めるひと時を切望した。それらが決して自分から奪われず、死ぬまでその歓びを人手に渡さぬまま、自分の後は息子のものになると考えながら。子どものいないエリナーはダリオに頼まれて、ダニエルを相続人に指名する遺言書を作っていた。

ダリオは自分は病気で弱っているが、同時に恵まれていると感じていた。辛くて長い一日の果てに、休息を楽しもうという時に感じる慎ましくも身にしみる幸福。彼の最も切なる願いはそのテラスで死ぬことだった。かつて、そこで彼はシルヴィを待った。そう、それこそが危険だらけの、長くひどくくたびれる旅路の果てだった。それは屋根の下の休息、屋敷の温もり、食事の慰めを一層甘やかに思わせる。そしてその後、人は夜の中に沈んでいく未知の長い道を辿り直すのだ。

友人が何人か家に来て二人を祝福し、シャンパンで乾杯して当り前だっただろう。だが二人に世間一般の友人はいなかった。一群の知人、取り巻き連中ばかり——実際、パリでちょっとは知られた男が、一種の取り巻きに囲まれていなくてどうする？　二人は誰かの不満を招いたり、誰かを排除するわけにいかなかった。そこで大変な数の招待客がオシュ街で、八区の区役所からの帰還を待った。

エリナーは蘭の花束を手にしていた。ほとんど深紅の長いがくのある薄紫の蘭を胸にピンで止めていた。紫のビロードのロングドレス、黒い帽子、素晴らしい毛皮のコート、非常に美しいがさりげない宝石をいくつか身に着けていた。そんなふうに彼女はダリオの傍らで、媒酌を務める区長の前に姿を現した。半分手袋を脱いだ手がちょっぴり震えていた。三回目の結婚だったが、彼女も人の子——感動していた。おそらく無意識の動作で、ダイヤモンドのホックで留めた紫のビロードのハンドバッグを体に抱き寄せた。中には他の重要書類と一緒にダリオに求められた遺言書の写しも入っていた。繊細にお化粧した顎を引き締めていた。鋭く、ちょっと長すぎるきれいな歯の上で唇がちょっとめくれ上がっていた。黒い帽子の下で赤毛が輝いた。

自分の家に着くと、彼女は誰にも愛想が良かった。微笑みながら人々の顔を見た。そこには皆が揃っていた、彼女が大切にしている人たち、ご機嫌をとっている人たち、利用している人たち、有用な人たち、有力者たち、選ばれた人たち。

〝だが、実際、俺にはもうこいつらが必要ないんだ〟ダリオは鎖が解ける（ほど）のを見たように、驚いて思った。だが彼等はもう彼の顧客ではなくても、エリナーの顧客ではあり続けるだろう――ワルド社のモーターを買うだろう。

ムーラヴィネ将軍夫人がそこにいた。彼女は今や数百万を動かしていた――彼は彼女を招待できた。彼は不意にダニエルが生まれた夜を思い出した。あの時飢えて、震えて、惨めな俺はこの女の前に立ち、こう繰り返すしかなかった――「金が要るんです……」そして生涯を通して、彼はこの言葉を繰り返し、そして言い換えてきた。それは終わった、もう誰にもそう言うことはないなどと、彼には思えなかった。今はなんと誰もが彼に敬服していたか！　人のいい連中は彼をほとんど天才だと思っていた。他の者たちは彼に敬意を払った、なぜなら、結局、彼が金持ちであり、ワルドの妻を陥落させたから。（〝気の毒なワルドさん、あの二人、どうやってあの人を始末したんだ？〟〝いや、あなたは言い過ぎだ、あいつの女房、可哀そうなクララのことなら同意するがね、あいつは確かに彼女を殺したんだ、だがワルドさんは……〟）そんな声が聞こえると彼は思った。

周囲の人混みの騒めきの中で、それに耳を貸しながら、何が彼に聞こえなかったか？

〝ダリオ・アスファール、あのいかさま治療師、どれだけやましい罪が……あの話、知ってるか？　……こっちは？　他のは？〟一方でおずおずした声が抗議する――〝お好きにおっしゃい、あの人は私の義妹を治してくれましたよ！〟いつでもこう呟く誰かがいる（極度に忠実な者、無邪気な人間、最後の強情な奴隷）――〝彼は私の義妹を治してくれたんだ……〟

そうする内、少しづつ、ダリオは気分が塞いで不安になった。彼はダニエルが――一瞬だけでも――顔を出すことを期待していた。昨日の晩改めて、彼はほとんど懇願していた――〝一瞬だけでも、な、お前〟それで息子は最後に渋々言った――〝うん〟彼はエリナーがダニエルのために買った贈り物を彼に与えるのを禁じていた。あまりにも美しく、あまりにも贅沢な煙草ケースだった。そんな大変な金額を使った後で、彼女が引き換えにダニエルの感謝と友情を期待し、求めるのはあまりにも見え透いていた。

〝俺の息子〟彼は悲痛な愛情を込めて思った。〝お前は今苦しんでいる、俺を軽蔑している、なんと悲しいことに！　俺は人の心を知っているんだ、自分の不幸のせいで。いつか、お前がエリナーの財産を相続したら、お前はこんなに厳しく俺を裁くまい、そしてもしお前がそれをクロード・ワルドに捧げたくなったら、お前は俺を思い出して感謝するだろうよ、もしかしたら？〟

だがダニエルは来なかった。やっと、招待客たちが去った。

ダリオは一人になった瞬間を利用して使用人に尋ねた——

「ダニエルは家にいるのか?」

「ダニエル様は一時間前に戻られました。ご自分の部屋に上がられましたが、またお出かけになるのが聞こえたようです。見て参りましょうか?」

「いや」ダリオは思わず言った。

彼はダニエルの部屋まで行った。ちょっと歩き、胸に手を当てて立ち止まった。自分が何を恐れているか、正確には分からなかった。部屋が空なのを見て深々とため息をついた。そう、それは正に彼が思っていたことだった——息子は出て行った。クララの写真を持ち出していた。ダリオは引き出しを開けた。下着を少し持って行ったのが分かった。あたりを見回し、クララが贈った鞄を探した。なくなっていた。手紙を探した——一通も! 一通もなかった! だがシルヴィならあいつがどこにいるか知り、近況を知らせてくれるだろう。

〝もし俺がまだ長く生きるなら〟彼は思った。〝あいつとまた会うチャンスは残っているかもしれん。あいつも年をとって、もっとシニカルに、もっと賢くなるだろう。だが俺が死ぬ時、あいつはまだ子どもだろうな。まだ俺を許すまい。俺があいつに会うことはもうあるまい〟

彼はがっくりと俯き、部屋の真ん中に立ち尽くした。

エリナーが入って彼の所に来た。

「ダニエルはいないの？」

「いない。あいつは出て行った」

「まあ！」一瞬沈黙した後、彼女は言った。

彼女がそれを喜んでいるのが彼には分かった。だが彼女はそのきつい目に憐れみの表情を浮かべようとした。

「まあ！　可哀そうなダリオ、それはひどいわね！」

「あいつは戻るさ」ダリオは言った。「相続のために」

了

訳者あとがき

本作「アスファール」は一九三九年五月から八月にかけてフランスの有力な思想・文芸誌『グランゴアール』に連載された。発表時の題名は「レヴァントの梯子」(Les ehelles du Levant)。「魂の師」(Le Maître des ames)に改題されドゥノエル書店から単行本として刊行されたのは作家の死後六十年以上を経た、二〇〇五年のことである。

一九三九年九月、ナチスドイツはポーランドに侵攻し、第二次世界大戦が勃発する。同年五月には史上有名な「セントルイス号の航海」事件が起こる。九百人以上のユダヤ人を乗せた豪華客船はハンブルグを出航するも、寄港先のキューバからも、乗客が移住を希望したアメリカからも着岸を拒否され、止む無くヨーロッパに引き返し、ベルギー、オランダ、フランスへ帰還した数百人は、ナチスが進める「最終的解決」:ホロコーストの犠牲となる。アンチセミティスム(反ユダヤ主義)が世界的に吹き荒れる中、ユダヤ人にとって、三界に家なき窮状は日に日に極まりつつあった。

正にこの年、ユダヤ人作家、イレーヌ・ネミロフスキーは「ユダヤ人」を真正面から取り上げた二つの力作長篇を世に問うた。一篇が本作「アスファール」であり、もう一篇が「アダ」（原題「犬ども狼ども」未知谷より既刊）である。ユダヤ人の作家活動自体に圧迫が強まる中で、文字通り作家の魂を賭した挑戦と言えるだろう。この後、一九四二年、強制収容されたアウシュヴィッツで落命するまでの三年足らず、彼女は増々旺盛な執筆活動を続けるが、その間の長篇小説において、ユダヤ人は姿を消す。

この時に当ってユダヤ人を扱うことが、反ユダヤからもユダヤからも激しい反発を招くことを作家は百も承知していただろう。しかし「文学においては如何なるテーマもタブーではない」とする彼女は、逆境が深まる中で、敢えて「ユダヤ」を存分に描き抜く道を選んだ。それは窮地においてこそ生命力を発揮し、むしろそれをチャンスに変える本作の主人公ダリオ・アスファールのしぶとさ、したたかさを連想させる。黙示録的な危機の時代にあって、民族間、階級間、世代間、先住民と移民、オクシデントとオリエントの対立は彼女にとって、私的に極めて切実であると同時に、作家として避けて通ることのできないアクチュアルなテーマであったに違いない。本作はこれらのテーマが全て投じられ、追及される濃密な作品であり、対立の相（アンタゴニスム）に於いて人間を描く時、最も本領を発揮する作家の資質、能力が遺憾なく発揮された作品と言えるだろう。クローズな人間関係の中で交わされる会話が多くの部分を占めるが、それぞれの人物の心の中には幾重もの層が折り重なっており、スパークする会話の中で、彼等、彼女等は自分でも気づいていない意識や感情を発見して行く。

主人公ダリオ・アスファールの出自、来歴は、彼自身が、憧憬の人、シルヴィ・ワルドに極めて率直に、赤裸々に語っている。だがその内容は一種微妙な影を帯びている。「至る所に散らばって、ばらばらの道に放り出される放浪の一族」が一般に言われるユダヤを指すことは自明だが、彼は自身をユダヤ人とは言わず、ユダヤ人のクララとその父親にとって「流れ者、ギリシャ人、異邦人、異教徒」だったと語る。そこには作家の文学外の配慮が働いているとも考えられるが、一概にユダヤ人とされる種族の実態は複雑、曖昧であり、定義すること自体科学的に（少なくとも生物学的に）不可能であるとされる（鶴見太郎『イスラエルの起源』）。作品中再三描き出される夫婦の強い血の絆は、彼と妻とが同じ種族に属することを証しているが、ダリオが西欧社会のみならず、ユダヤ人の間でも〝異邦人〟（étranger）と見なされるマージナル（周縁的）な存在であることは注目すべきである。しかしヨーロッパを覆うゼノフォビア（外国人嫌い）はユダヤ人を一括りにし、よそ者（métèque）どころか、時にパラサイト、細菌呼ばわりして排斥する。「ぬかるみで生まれ」、「闇と地面の泥でできている」ダリオは極めて困難な生存環境に置かれていた。

本作で重要な役割を果たすアメリカ女性エリナー・ワルドの出自については、オリヴィエ・フィリッポナとパトリック・リアナールによる本作の序文「医師アスファールの劫罰」に次のような記載がある。Elinor は orient のアナグラムであり、orient は、シャルル・モーラス、レオン・

ドーデ、セリーヌ等の右翼系の文学者、あるいはマルティン・ブーバーのようなユダヤ系の宗教的哲学者においてユダヤと同義であると。確かにダリオとクララ、特にライバル関係にあってもおかしくないクララがエリナーに寄せるシンパシーは同族を感じさせるものであり、エリナーもユダヤ系と断定できるだろう。対立の相で見れば、下層・ユダヤ・移民のダリオ、クララ、エリナー vs. グランブルジョワ・西欧・先住民のワルド夫妻という構図が成り立つ。その中で作家イレーヌの位相に触れれば、下層という部分を除けば彼女は当然前者に属し、ダリオのフランスへの憧憬と幻滅、成功への願望とその達成には彼女自身のそれが投影されている。さらにユダヤ人の作家として立つことの困難性も、医師としてのダリオの困難性と重なる。

ディアスポラ（離散）と称される下層ユダヤ系移民の生存戦略には、「暴力で立ち向かわず、権力者の懐に入り込んで、ときに狡猾に、ときに柔軟に、またある時は息を殺してうまく生き抜く女々しい性格がある」と、鶴見氏は指摘している。確かにダリオとエリナーがフランス社会でのし上がっていく生き方にはそうした狡猾さがある。だが一方、二人を特徴づけるのは、入り込んだ懐の中に安住せず、それを食い尽くし、征服しようとする攻撃性である。ダリオとワルドの関係は食うか食われるか、一方が他方を犠牲にすることによってのみ生き残る二人の捕食者の関係、追い詰められた獣――ダリオが猟師に転じ、獲物――ワルドを襲うデモーニッシュな関係である。

この関係の基底には、ワルド自身の内側からの崩壊と、それに対するダリオの洞察がある。ネミロフスキーが、両次世界大戦間のフランス社会に虚栄と退廃以外を見ていないことは、本作を含め、彼女の多くの作品が物語っている。フィリップ・ワルドはそれを象徴する人物である。彼は社会的に強者であるとしても、内部に自らを保ちえない病根を抱えた弱者である。先の序文では、ワルドのモデルは皮肉にも作家のデビュー作「ダヴィッド・ゴルデル」によって彼女を世に送り出した出版人ベルナール・グラッセであると指摘されている。〝全てに成功する男にして魂を病んだ男〟と言われたグラッセは、出版界で辣腕を揮ったが、一方で重度の賭博常習者であり、一九三五年、躁鬱病のために、家族や株主たちによって隔離状態に置かれ、会社の経営から外される。作家はこの恩人を「親愛な誇大妄想さん」と呼んで、皮肉な愛情を込めて見つめ、社会復帰を支援したようだが、一方作家の冷徹な目で事件と病(やまい)を観察し、作品のモチーフとしたと思われる。

医師ダリオもフランス社会の退廃と、フランス人の精神の荒廃を冷徹に観察する。そしてそこに自らが生きる道を発見する。「いかさま治療師」と世間から言われ、それを自認さえするシニカルな彼は、正確な人間観察に基づいて療法を施すという意味で、〝いかさま〟とは言い切れない存在である。彼は病気よりも人間を治療する。だがそこには愛情がなく、彼は患者を自分の生活の糧としか見ない。彼の社会的上昇は、人間に対する侮蔑を動力とし、フランスに対する幻滅を代償としている。

社会の底辺であがいていたダリオは理想の存在、シルヴィ・ワルドに出会って次のような感慨を洩らす。「そう、あなた方全て、俺を軽蔑する豊かなフランス人、幸せなフランス人よ、俺が望んだもの、それはあなた方の文化、あなた方のモラル、あなた方の美徳、俺よりも高く、俺とは違い、俺が生まれたぬかるみとは違う全てだったんだ」十数年後、富と名誉を手に入れた彼は述懐する。「俺はもう汚点と悪を探して発見せずに人間の魂を見ることができないんだ。……西欧社会への幻想は俺にはもうほとんど残っていない。俺はそれを知ろうと願い、知ってしまったんだ」

　憧憬の人、シルヴィ・ワルドの存在は彼の中で次第に力を失っていく。フィリップ・ワルドの破滅を予見したのはシルヴィではなくダリオである。もともとシルヴィという存在は身体性を欠いており、唯一それを感じさせるのは、私見によれば、再会したダリオにフィリップからの暴力を問われ、それを肯定した時「その顔はなお一層蒼ざめ、穿たれたようになり、急に老け込んだ」という件のみである。久しぶりに会ったエリナーに「この俺に丁度釣り合う女は一人も見つからなかった……俺から遠く離れた、他の宇宙で生きてるのか、もしかしたら……」とダリオが漏らした時、おそらく彼はシルヴィ・ワルドを思い浮かべていた。

　ダリオは自分の虜にしたうえで、最後にネグレクトするという最も残虐なやり方でワルドを破滅に追い込む。ほとんど悪魔の所業である。だが彼は骨の髄まで悪漢だろうか？　若き日の医師としての良心は完全に消滅したのか？　水と油のクララとシルヴィは、ダリオの犯罪に気づいた時、期せずして同じ言葉を彼に発する。「この罪を引きずらないで」おそらく二人の女は異なる地平から、彼の中にある、真摯な生への意欲、理想と愛への希求を認めていた。彼女たちの言葉にこもるのは批判、非難ではなく同情(コンパッション)である。彼がそうでしかあり得ない形で真剣に人生を生き抜いていることをエリナーを含めた女たちは理解していた。

確かに彼はしたたかで、自分に向けられるどんな批判、非難も巧みに言い返す頭の働きを持っている。その彼が、ただ一度、自分の心を探るように、悔恨とも受け取れる言葉をシルヴィに洩らす。「あなたは私の心を変えてくださったかも知れないが……」彼が心を失っていないことを、この一言が語っている。

彼の生き方は最愛の息子、ダニエルから激しく否定され、痛烈な非難を浴びる。しかしダリオはそれに傷つきながらも動じない。自分の人生を基本的に肯定しているからだ。それは作家としてのネミロフスキーの姿勢に重なる。まだ〝子ども〟のダニエルは自分で言う通り、この後、自分自身の人生を生きなければならない。育った環境も資質もまるで違っていても、この息子にも呪いのように種族の血が流れ、彼がそこから逃れられないことは本作の中で繰り返し示される。

作家はこのテーマ「民族の血と個人」を後続作品「アダ」に於いて、新たなパースペクティヴの中で、徹底的に追及する。ダリオの価値観の根底にある富、社会的ステータスが持つ意味もやはりこの作品の中で徹底的に問い直す。本作と「アダ」は一対の作品と見ることが可能である。もし本作に感興を抱かれ、未読であれば併せて「アダ」をお読みいただくことを是非お薦めしたい。

ウクライナのキエフはイレーヌ・ネミロフスキーの生地である。ダリオの生まれた〝ぬかるみ〟もおそらく、現在、またしても、暴力に蹂躙されているだろう。しかし、暴圧にしぶとく、したたかに抵抗し、敵国のみならず、世界中を驚嘆させている人々に、イレーヌ、ダリオの末裔(まつえい)を見ずにはいられない。

本作の執筆から、八十年以上の歳月が流れています。当初「いかさま治療師」(Charlatan)という題名で構想、執筆された本書は先記の通り題名を二度変え、数奇な運命を辿って私たちのもとに届きました。今回邦訳に当って、主人公の名前を取って「アスファール」という題名を選択しました。**Asfar** はアラブ語で「旅」を意味します。思えば主人公ダリオ・アスファールも作品自体も長い旅をしてきました。

そして世界もまた大戦を経て、夥(おびただ)しい紛争の絶えぬ、苦しい旅を続けています。本作で生々しく描き出される差別、分断、疎外、対立、暴力、闘争は今日も、世界を覆っています。訳者は古い異国の物語ではなく、今日ある世界の物語と感じつつ、本書を訳しました。

本訳の推敲に当って、未見ながら互いの訳業を通じて十年以上お付き合いのある蓑田洋子さんに非常に貴重なアドバイスをいただきました。「瞼の盟友」蓑田さんに感謝したいと思います。

今回も前向きに刊行に取り組んでいただいた未知谷社主、飯島徹さん、編集の伊藤伸恵さん、表紙写真をご提供いただいたみやこうせいさんに心から謝意を捧げます。

二〇二一年四月

芝盛行

Irène Némirovsky (1903〜1942)

ロシア帝国キエフ生まれ。革命時パリに亡命。1929年「ダヴィッド・ゴルデル」で文壇デビュー。大評判を呼び、アンリ・ド・レニエらから絶讃を浴びた。このデビュー作はジュリアン・デュヴィヴィエによって映画化、彼にとっての第一回トーキー作品でもある。34年、ナチスドイツの侵攻によりユダヤ人迫害が強まり、以降、危機の中で長篇小説を次々に執筆するも、42年にアウシュヴィッツ収容所にて死去。2004年、遺品から発見された未完の大作「フランス組曲」が刊行され、約40ヶ国で翻訳、世界中で大きな反響を巻き起こし、現在も旧作の再版や未発表作の刊行が続いている。

しば もりゆき

1950年生まれ。早稲田大学第一文学部卒。訳業に、『秋の雪』『ダヴィッド・ゴルデル』『クリロフ事件』『この世の富』『アダ』『血の熱』『処女たち』『孤独のワイン』『秋の火』『チェーホフの生涯』『二人』(イレーヌ・ネミロフスキー、未知谷)。2008年以降、イレーヌ・ネミロフスキーの翻訳に取り組む。

アスファール

2022年4月25日初版印刷
2022年5月10日初版発行

著者　イレーヌ・ネミロフスキー
訳者　芝盛行
発行者　飯島徹
発行所　未知谷
東京都千代田区神田猿楽町 2-5-9　〒 101-0064
Tel. 03-5281-3751 / Fax. 03-5281-3752
［振替］　00130-4-653627

組版　柏木薫
印刷所　モリモト印刷
製本所　牧製本

Publisher Michitani Co, Ltd., Tokyo
Printed in Japan
ISBN 978-4-89642-661-8　C0097

イレーヌ・ネミロフスキー著
芝盛行訳・解説

この世の富

イレーヌ版「戦争と平和」。大地に根を下ろすフランスのブルジョワ一族は二つの大戦をいかに生き抜くか。「多くの悩み、多くの苦しみ、多くの試練、それがこの世の富なんだ、マルト……わしらは二人とも幸せだった……」
978-4-89642-439-3　224頁本体2200円

アダ

1934年、稀代の詐欺師スタヴィスキーがフランス全土を震撼させた一大疑獄事件をモチーフに、鋭く抉り出されるユダヤ人の魂、男女、階級、民族間の相克。地獄の業火に捕まった犬と狼、両者に烈しく愛されるアダ。息もつかせぬ傑作長篇。
978-4-89642-477-5　240頁本体2400円

血の熱

イレーヌの死後60年にわたって眠り続けていた最後の完結作。農業国フランスの田舎の無口な人間、強欲で隣人を信じない村を舞台に描かれる世代間の無理解。少女を女に変貌させる一瞬！　血の激流は若者たちをどこへ運ぶのか……
978-4-89642-492-8　128頁本体1500円

未知谷

イレーヌ・ネミロフスキー著
芝盛行訳・解説

処女たち

イレーヌ・ネミロフスキー短篇集

戦下の逼迫と緊張に身を以て対峙し、39歳で非業の死を遂げた作家の後期短篇9篇を収録。希望を信じないように、絶望も信じない、冷徹の人・イレーヌの筆は、濃厚に滲む不安と危機感の奥に人間そのものの姿を鮮明に見せる——

978-4-89642-522-2　256頁本体2500円

孤独のワイン

夫、妻、そして……少女は知っていた。自分以外の全てを。ウクライナ、ロシア、フィンランド、フランス、革命に追われた流浪の青春。それ以上に、苛烈な少女がたどる内面の旅。自伝的要素を背景に女性の自立を描く長篇。

978-4-89642-551-2　256頁本体2500円

秋の火

食卓を共にするパリのプチブル三家族。25年を隔てて出征した二度の世界大戦はベルナールを煉獄に突き落とす。大戦間を通して一途に彼を愛しぬくテレーズ。錯綜する人々の思惑と運命。秋の野焼きのように焼き尽くされてゆくフランス…

978-4-89642-581-9　240頁本体2500円

未知谷

イレーヌ・ネミロフスキー著
芝盛行訳・解説

チェーホフの生涯

第二次世界大戦の勃発とほぼ同時に着手、戦火の中で執筆された本作は、作家の死後陽の目を見た最初の作品。ユダヤ人ではあるが出自はロシア、生命の危機に直面したとき、ロシアそのものとして想起されたチェーホフ、ロシアの作家像。

978-4-89642-618-2　192頁本体2000円

二人

パリ、第一次世界大戦後の若者たち。アプレゲールの青年男女はニヒルでセンチメンタル。脆弱で軽薄で無軌道で、「試運転」もせずに高速で車をぶっとばし、ある者は深手を負い、ある者は死に至る。それぞれが抱える理想の愛、達成されない不全感の連鎖… ネミロフスキー唯一の恋愛小説

978-4-89642-640-3　256頁本体2500円

未知谷